长安月

Chang'an Yue

一别 两乡关

叶广芩／著

西安出版社

图书在版编目（CIP）数据

一别两乡关/叶广芩著. — 西安：西安出版社，2018.1（2021.4重印）

ISBN 978-7-5541-2927-2

Ⅰ.①一… Ⅱ.①叶… Ⅲ.①散文集—中国—当代 Ⅳ.①I267

中国版本图书馆CIP数据核字(2018)第016118号

一 别 两 乡 关
YIBIE LIANG XIANGGUAN

著　　者：	叶广芩
策划编辑：	范婷婷　张广孝
责任编辑：	张增兰　路　索
责任校对：	张爱林　陈　辉　张忝甜
内文插画：	魏文雅
装帧设计：	朱丹萍　张俊飞
排版设计：	纸尚图文
出版发行：	西安出版社
地　　址：	西安曲江新区雁南五路1868号影视演艺大厦11层
印　　刷：	永清县晔盛亚胶印有限公司
开　　本：	889mm×1194mm　1/32
印　　张：	7.25
字　　数：	150千
版　　次：	2018年1月第1版
印　　次：	2021年4月第2次印刷
书　　号：	ISBN 978-7-5541-2927-2
定　　价：	58.00元

△读者购书、书店添货或发现印装质量问题，请与本公司营销部联系、调换。

电话：（029）68206213　68206222（传真）

目 录
Contents

太阳宫 　　　　　　001

扶桑馆 　　　　　　059

盗御马 　　　　　　115

凤还巢 　　　　　　179

太阳宫

和尚·布人·丫头片

说太阳宫之前先得说说我们家。

我们家住在北京戏楼胡同，在雍和宫东边，是和国子监成贤街相对应的一条胡同，胡同东西走向，安静、宽展，邻里街坊都熟识，关系处得很好。胡同西口卖香烛的赵大爷，胡同中间柏林寺的和尚广玉，东口打烧饼的刘大大，对门的小裁缝孙顺儿，都是我的好朋友，他们都喜欢我，管我叫"小丫头片子"，说我是胡同里最年轻的女子。当然还有一个更"年轻"的，就是孙顺儿的闺女，那才是真正的小丫头片子，落生还不到一礼拜，早产，不该出生的时候就出来了，不会吃奶，闭着眼就知道睡觉。孙顺儿背着他媳妇跟我说，他家那个小丫头片子能不能成人还不一定，八成得夭折。我问什么是夭折，孙顺儿说就是死了。我看孙顺儿说小丫头片子夭折的时候一点儿也不难过，好像一切都是应该的一样。

我常到对门去看小丫头片子，那丫头片子实在是小，猫儿一样，挤着眼睛，一脑袋小白泡，鸡爪子一样的手一抓一抓的，不中看。妈不让我到孙家去看小人儿，说人家正坐月子，我出来进去的讨人嫌。可是我管不住自个儿，我说我就是想抱一抱那个小人儿，没别的目的，您别拦着我。后来妈给我缝了一个小布人儿让我去抱，布人儿戴了顶花花帽儿，瞪着死鱼一样的眼睛，假模

假式的一个小红嘴唇。我知道,帽子底下塞了许多棉花,身子里头装了不少锯末,光鲜的外表下头是一塌糊涂。小布人那张脸是老七拿毛笔画上去的,比孙家的小丫头片子还难看。老七画花鸟还行,画小布人却很糟糕,眼睛一大一小,眉毛一高一低。

老七是我的七哥哥,没有正当职业,就会画画。老七总在家待着,足不出户。他的性情太闷,太内向,没有姑娘喜欢他,挺大岁数了还没成家,成了我妈的一块心病。

在我快忘了对门小丫头片子的时候,一天,孙家传出了哭声,呜呜咽咽的,我要进去看看,被妈拽了回来。快午饭的时候,我看见孙顺儿夹着一个白楂木的小匣子出门往东去了。裁缝的脸色很难看,肯定是他闺女夭折了,那个木头匣子里装的应该就是小丫头片子。这一切,我从给我们家看门的老张嘴里得到了认证,老张说,那个匣子叫"火匣子",未成年的孩子死了只能装那匣子里头,拿到乱葬岗去埋,也可以架火直接烧,但不能入祖坟。我问为什么不能入祖坟,老张说,因为她是偷生鬼,是专门来祸害孙顺儿的,要债的。

我问妈我是不是要债的,妈说差不多。我说,要是这样,我也不用死,您时常地给我点零花钱,咱们就两清了。

妈说,你想得美!

日子过得有一搭没一搭,挺憋闷,主要是没有"事情"可干。我的活动范围就是院里,到胡同都得征得妈的许可,妈说胡同里有拍花子的,拍花子的专门逮小孩,手上抹了迷魂药,往小孩脑袋上一拍,小孩就迷迷瞪瞪跟着拍花子的走了,走到乡下被卖了,再也回不了家。按现在说法就是拐卖儿童,想法子哄着小孩跟他走罢了,可是搁六十年前,就有了太多的诡异色彩。院里的活动是有限的,跳皮筋没有伴,玩拽包没有对手,只好对着猫歌唱，什么"苏三离了洪洞县"，什么"三轮车上的小姐真美丽"，想起哪出唱哪出，搜肠刮肚，一直唱到"弹尽粮绝"。花猫不会欣赏，趴在台阶上睡了一觉又一觉，呼噜打得很美。

胡同虽然很长，却没有玩伴。

有时候也在看门老张的带领下到胡同东边的柏林寺去转转。柏林寺是元朝大庙，曾经是北京八大庙之一，有"先有柏林寺，后有北京城"之说。据说曾经有过"十里柏林"的称谓，后来柏林逐渐消失，名字却没变。在我记忆中，柏林寺很大，有大殿几重，高台阶，还有精美的砖雕影壁和老得说不出年龄的榆树以及"万古柏林"的大匾。大匾的印嵌在正中，是哪位皇上的作品不知道。柏林寺给我的感觉有两个：一是大，二是破。庙里边阴森森的，有很多柏树，都跟老爷子似的，一副不苟言笑的模样，一点儿也不好玩。柏林寺里住了几个和尚，没有住持，散兵游勇，平时各干各的，有法事、有活动的时候才纠结到一块儿，得了什么好处，大伙均分。我虽小，也看出来了，这里头主事儿的是广玉。广玉叫释广玉——我推断他应该姓释，老张说，出了家的和尚都姓释，意思是他们和佛祖释迦牟尼是一家子的，姓都是一样的，这叫进入佛门了。广玉的俗家姓氏是张，老张说跟他是同族，更准确说是他一个没出五服的堂侄，他们都是唐山张各庄人。我问什么是"没出五服"，老张说，就是往上数五辈，他和广玉是同一个爷爷屋里的。

广玉不喜欢小孩，这我从他的眼神里就能看出来，所有的小孩都有这本事，谁喜不喜欢你，一看眼睛就知道。在柏林寺大庙里，老张和广玉肆无忌惮地说着唐山话，广玉说到兴头上，还跳上板凳，蹲着，把个和尚袍撩得高高的，一点儿也不像个师父。广玉屋里一股香烛味，他给我吃点心，那点心也是香烛味，大概都是佛祖用过的。我在广玉屋里越待越没劲，索性出来满处溜达。大殿前头有王八驮石碑，我就骑在大王八脖子上，像赶骆驼一样催它快跑。石头王八当然不会跑，爸告诉我，驮石碑的不是王八，它叫赑屃（bì xì），是龙的儿子之一，排行老七，生来喜欢负重，所以才让它驮着石碑。我问爸，龙有几个儿子。爸说，九个，龙生九子，九子各异。

我说，比您还多两个哪！

我爸生了七个儿子，他常说，这七个儿子搞得他头痛，没有一个省油的灯，也没有一个有出息的。

我问爸，龙的九个儿子为什么不一样。爸说，它们就跟你几个哥哥似的，性情各异，做派各异，坐不到一张桌子上去。龙的长子叫囚牛，喜欢音乐，常被刻在琴头上；次子睚眦，嗜杀成性，被安排在刀剑的吞口上；三子狴犴，好争讼，在监狱门口待着；四字狻猊，喜吞烟，就让它蹲上房檐；五子饕餮，好吃懒做……

我说那就跟我一个样。

从龙的九个儿子，我想到了我的哥哥们，爸生七子，有当官的，有教书的，有当职员的，甚至还有要饭的。他们各有各的家，各有各的孩子，自成一统，日子或者顺畅，或者艰难，共同的是无论顺畅与艰难，谁也没有关心过我这个小妹妹。跟父亲一样，他们都很忙，忙得没有工夫拿正眼瞧我一眼。

我比那驮石碑的王八还寂寞。

夏天到了，北京每年的夏天都要下暴雨，那雨下得像大盆子往下浇，我坐在窗户后头看下雨，东西厢房的房顶上有云彩在跑，像是一股股的烟。云彩都降到房顶了，可见它飞得有多么的低。我最向往的事情是坐在高高的、白白的云彩上，棉花堆一样柔软厚实，在云彩上打滚、翻跟头，从高处往下看，看爸去上班，看妈做针线，还看什么呢？没了。在我的日子里，再没什么可填充的了。

这天的雨下得很大，时间也很长，房檐下哗哗地流着水，成了一道雨帘，院子里也积满了水，像是公园的水榭。在百无聊赖中，我看见老张戴着草帽在院里蹚水，我立刻兴奋起来，隔着玻璃对着老张大声喊："下雨喽，冒泡喽，王八戴着草帽喽！"雨声太大，老张没听见，我就再喊，一遍一遍地，喊得脖子上青筋蹦得老高。妈出来了，站在廊下，递给老张一根捅火炉的铁通条，原来是沟眼堵了，老张在通沟眼，让院里的水快排出去，妈说照这样再下，水就进屋了。老张撅着屁股在水里掏，整出不少枯树枝烂树叶什么的，其中最重要也是最精彩的要数我的小布人儿了。老张拎着已经不堪入目的小布人儿，愤怒地一甩，啪，小布人儿上了北屋房顶，趴在房脊上，真正地居高临下，看爸上班、看妈做针线去了。积水很快下去，没了老张，没了小布人儿，院里恢复了常态，趋于平静。看下雨，看下雨，看得我越来越困，眼睛睁不开了……砰！脑袋撞在玻璃上。

听见妈正和老七说要到太阳宫住两天。

去太阳宫，我简直要高兴死了！

一下来了精神。

土路·荒野·三轮车

太阳宫是北京过去、现在都不太有名的地方。小时候我很自豪地跟别人谈论太阳宫,却几乎没人知道。现在跟人说起太阳宫,会有人"哦"一声说:"地铁十号环线上的一个车站。"除此之外再说不出更多。太阳宫,当年那个美丽、快乐、神秘的地方竟让人不为所闻,仅成为我的个人收藏,这点让我什么时候想起来什么时候觉得遗憾。为纪念太阳宫,所以我才写下这篇文字。这是我世俗的宿命,也是我对这一地方的感念和期许。

太阳宫是乡下,妈到太阳宫去得提前好几天做准备。去太阳宫对妈和我来说,是件很大的事,不是站起来拍屁股就走那么简单。在我单调的院落生活中,那是一种放开了的张扬,是可着心的撒欢,是个欢乐的节日,这样的机会一年也就一次。

20 世纪 40 年代,去太阳宫得出东直门坐三轮车走半天,不似现在,坐公交车十几分钟就到了。每回去,妈把时间都掐算得很准,不多不少,两天,还得是没风没雨的两天。那时候没有天气预报,我真不知妈是怎么掌握天气的。

去太阳宫的季节多是夏末秋初,早晚天气渐渐转凉,各种瓜果开始上市,气候不冷也不热,是个敞开了玩、敞开了吃的季节。

我喜欢这样的季节。

太阳宫也是我和农村接触的初始,从这里我知道了什么是乡下，知道了什么是沤粪、浇地、除草、打尖，以至我长大后到农村插队、当农民，望着异地的河沟水渠、黄狗白杨才不觉得生疏。

我们出发那天，老张叫来了三轮车，停在大门口，母亲得跟蹬车的讲半天价，因为人家不愿意去，老张只跟人家说"出东直门"，并没详细交代上哪儿去，及至知道上太阳宫，蹬车的就不想去了，嫌太阳宫偏远，回来拉空，挣不着钱。妈不住给人家说好话，还答应送他十个发面火烧，蹬车的才勉强答应了。原本上太阳宫是可以骑驴的，东直门外有驴窝子，有许多驴歇在门脸儿，供人雇用。讲好价钱，驴主在驴背上搭条褥子，在前边拉着，雇主上去骑就是了。那驴我跟妈骑过两回，妈教给我说，女人家骑驴得偏身坐着，不能叉腿骑，那样不雅；还说骑驴不比骑马，马是骑腰，驴是骑屁股……可是这回我们不能雇驴骑了，因打仗，驴主怕兵们拉差征用牲口，有去无还，都把驴处置了，这使得东城的焖驴肉、驴霜肠一类驴制品货源很充足，驴却不见了踪影。

跟蹬车的谈好价儿，老七把妈准备好的包袱从屋里拿出来，一件一件搁在车上，我已经迫不及待地上了车，妈还在台阶上磨蹭，给看门老张请了个蹲安说，您看家，受累了。老张回了礼，让母亲走好。老北京人的这种礼数忒多，繁杂得让我反感，我巴不得老张们快点进去，好让我们蹬车走人。事实是我们的三轮车走得站门口都看不见了，老张和老七才转身进院。妈说这是送人的规矩，没有行人还没动身，送行的就不见了身影的道理，那样会让人笑话。

三轮车三拐两拐到了东直门，那时候的东直门还有门楼，非常气派。钻过城门洞，里头嗡嗡的，回声很大，我喜欢在里头哇哇地喊两嗓子，听听自己的回音儿，是件很好玩的事情。想着东直门那些消失了的进了汤锅的驴，我想学着胡同里推车卖驴肉的二头喊一句"驴肉——肥呀！"结果刚喊个"驴——"就被妈拍了一巴掌，下边的憋回去了。妈说，闺女家家的，当着众人喊什么驴肉！

闺女家家的不能做的事情真多啊！

出东直门是个大粪场，东城一片茅房的粪便都在这里集中晾晒，这里永远的臭气熏天，永远的苍蝇成群蚊子打蛋，但是这里的土地相当肥沃。那时候北京的厕所叫茅房，都是在自家院里，蹲坑旱厕，没有冲水马桶什么的，位置在西南角的方向，按风水来说，西南角是煞位，用厕所压邪是再好不过了；用现在的建筑学理论、风向学看，厕所异味也飘不到院里来。过三五天就有人背着细长的高粪桶，拎着大勺子进院来淘大粪，淘粪是义务的，从不向主家收费，并且还有打扫厕所的义务，这些粪被集中到了东直门，晾晒成肥，卖给需要的人。别小看了这些粪肥，全东城的粪都在这儿，相当可观了。久之，粪场的行业被个别人垄断，成为粪霸，粪霸是有钱有势的人，跟黑社会都有关联，是惹不起的人物。

过了粪场往北拐，路渐渐不好走，两边都是乱葬岗子，坟头起起伏伏，道路坑坑洼洼，有的棺木腐朽破烂，露出地面，里边的内容一览无余暴露在阳光下。逢到这情况，我都要扭过脸使劲看，看那里头除了骷髅以外还有什么新奇。母亲不让我看，我偏看，母亲说我是"贼大胆"，不像闺女，像小子。其实我是想看看这里有没有孙顺儿家的小丫头片子，那天孙顺儿夹着她的小匣子就是往东走的，倘若他将小丫头片子扔在了这里，我正好可以看看那个一脑袋白泡儿的小婴孩是不是有可能活了过来。

蹬车的开始抱怨路坏,作后悔状,母亲就一大枚一大枚地慢慢往上加钱。对母亲来说,这都是计划内的,并没有超出预算。蹬车的说这样的地界以后他说什么也不来了,他回去大半会遇到"鬼打墙",他的内弟晚上路过东直门坟地,转了一宿也没转出去,天亮一看,一地的脚印,全是他自己的,敢情净是原地转圈儿了。母亲说他回城里,太阳还老高,让他放心,有太阳什么鬼也不敢出来。我说我就是鬼,我就出来了,说着朝前头做了个斗鸡眼。蹬车的回头看了我一眼,噗哧笑了。

太阳还没到头顶,我们就到太阳宫了。车夫在村口停住,再不往前蹬,说村里的路太烂,他心疼他的车。我们雇车的时候只说是到太阳宫,并没说到哪一家。我和母亲只好下了三轮,大包小包地拎着东西往村里走。

我们去的那家姓曹,我管女主人叫二姨,管男主人叫二姨父。我母亲没有姐妹,这个二姨用现在的话说是她在朝阳门外南营房做姑娘时的闺蜜,她们俩都是给作坊做补活的,各自凭着手艺养家糊口,是患难的姐妹。后来,二姨嫁了种菜的曹大大,我母亲嫁了教书的父亲,姐妹俩的环境由此而大相径庭。母亲是父亲的填房,成了教授夫人,二姨成了种地养羊的村妇。夫人与村妇在文化程度上相同,都是文盲;不同的是我母亲会歪歪扭扭地写"陈美珍"三个字,那是她的大名,是我父亲教的,二姨到死也不知道她的名字怎么写,逢有必要场合,她只有按手印,那比一笔一画写名字方便多了。

二姨有个儿子,在太阳宫村生的,给取了名字叫"曹太阳",二姨父嫌这个名字太大、太满、太正式,顺了个小名叫"日头"。全村人都日头、日头地叫,叫得挺顺嘴,知道他大名"曹太阳"的反而没几个了。日头爱画画,我把他画的鸡冠花拿给我爸看。

爸说，曹太阳长在太阳宫可惜了。

我说，太阳可不就得住在太阳宫里么！

爸却说，太阳住在东海，歇在一棵大树上，那棵树叫扶桑。

我说，太阳是个大火球，火球落在树上会把大树烧死。

爸说，歇下来的太阳是只三条腿的乌鸦。

我总是不能理解。爸说，后羿射日故事知道吗？十个太阳在天上同时照耀，把地上搞得焦赤干涸，寸草不生。后羿是好射手，搭箭把太阳一个一个射杀下来，被射中的太阳在天空发出了金石碎裂之声，掉到地上，是三只脚的乌鸦。

我问乌鸦怎么会是三只脚。爸说太阳属阳，奇数为阳，所以是三只脚。长大以后，我在湖南马王堆出土的帛画中看到了三条腿的乌鸦，代表着太阳，照耀着那个拄着拐杖的老妇人；在北京机场的壁画上也见过三条腿的乌鸦，站在金光闪耀的圆圈里，见到它们我便感念后羿，亏得他没将乌鸦赶尽杀绝，还给我们留了一只，要不天上就没太阳了。没有太阳的日子大概是过不下去的。

我们还没进村，曹家的大黄狗就从旁边的菜地里钻了出来，绕过母亲，照直奔我，立起身子把前爪搭在我的胸口上，要不是我个儿长得高，非被它扑倒了不行。我说，去！

黄狗摇着尾巴不去，我摸摸它的脑袋，它脑袋上顶着许多草籽。

到底是秋天了。

母亲说，一年了，黄狗还认识你。

我说，当然，我跟它是姐俩，就跟您跟二姨似的。

母亲说，把自个儿降到了畜生档次，不嫌寒碜。

我说，王阿玛家的太太还管狗叫儿子呢，我这算什么！

曹家的黄狗耳朵竖着，尾巴朝上卷，四个爪子肉乎乎的，很有个狗样儿，依现在宠物店的判断，给个好听的学名是中华田园犬，说白了就是土狗，一文不值的。可是一文不值的土狗在我的意念中，和名犬一样的高贵、一样的通人性，它们有自己的尊严、自己的情感，比人真实，比人强烈。我此生对狗的无限热爱，就是从大黄狗开始的。

黄狗在前头屁颠屁颠地跑，不时地回头看我们。我和母亲在后头跟着。母亲说，这狗招人待见。

我说，跟我一样。

母亲说，黄狗怎知道咱们今天来了呢？

我说，它会闻味儿。

黄狗回家报了信儿，曹家的人迎出来了。

黄狗·稠粥·老洋瓜

我和母亲的到来让曹家人惊喜，也让他们措手不及，本来一家人正在葫芦架下吃饭，都丢下饭碗赶到了门口。

二姨拽着妈的胳膊不撒手，嘴里一个劲儿说，提早给个信儿啊，让日头爹套车到村口接去！

二姨父也说，城里人走不惯乡下的土路，净是烂泥……

一年没见，我看眼前矮胖敦实的二姨比去年又壮了一个圈儿。二姨眼小嘴大，属于不好看的老娘们儿系列；二姨父身板直溜，眼大嘴小，应该划入英俊老爷们儿行列。他们说话的腔调带有滚动滑溜、一带而过的京东味儿，让人想起了京东肉饼，感觉着亲切自然，哪怕是初次见面，也让你有八百年前就认得的感觉。

大人们没完没了地寒暄，我掺和不进去，就来到小饭桌前，探索桌上的午饭。我对吃向来比较钟情，从小到老不能更改，禀性使然。

曹家的饭桌上摆着几碗豇豆、棒子稠粥，当间有一瓦盆暴腌老洋瓜，饭食简单、清素，是平时的吃食。日头笑眯眯地端来两个小板凳，又盛了两碗粥，添了两双筷子，从坛子里摸出两个咸鸭蛋，算是待客了。看得出，我的到来他很高兴，一双小狗牙朝外龇着，用手把小板凳抹了一遍又一遍。按年龄，我应该管他叫哥哥，他比我大。

这里所有的农户都种菜，有人早上专门来收菜，用挑子挑进城里去卖，城里人都知道，太阳宫是北京城有名的老菜乡。太阳宫鼎鼎有名的菜是韭菜和青韭，韭菜在春秋之际上市，一拃多长，紫根，叫"野鸡脖"。我知道造反的黄巢有首诗说，"冲天香阵透长安"，老黄说的是菊花，我爱拿这句代替"野鸡脖"，"冲天香阵透燕京"，在城里，一家吃"野鸡脖"，一条胡同都能闻见，味道那叫爨！青韭是冬天过年出现的鲜货，产自太阳宫的暖棚，细嫩的青韭比头发丝粗不了多少，黄绿黄绿的，包馄饨吃，那是冬天无可替代的一口。年根下二姨父进城办年货，顺便会给我们家捎去一小捆青韭，青韭是用二姨的棉坎肩包着进城的，怕冻了。青韭只能用来包馄饨吃，用小猪前腿肉剁馅，配以鲜姜末，鸡汤打馅，吃一个能香人一跟头。但是青韭馄饨都尽着父母亲吃，孩子们只有尝尝的份儿，这东西太稀少太珍贵了。厨子老王说给我们吃，那是糟蹋。

　　瓦盆里的老洋瓜肯定是曹家自产，才从地里摘下来的。暴腌，是临吃之前抓把大粒儿海盐突击性地腌制，既有咸味也不损食物原本的鲜嫩，用现在的时髦说法是"保留了食物原生态的状态"。当然，只有新鲜的菜蔬才能暴腌，蔫了的，走了水的，只能腌咸菜！盆里的老洋瓜夹杂着星点红辣椒和青蒜，颇引人食欲。我捏了一片仰着脑袋搁进嘴里，嚓嚓地脆，好吃！妈远远地瞄了我一眼，显示出了她的不满，我不怕，进了太阳宫，她的一切规矩都不管用了，在这里，我行我素，每个人都是王爷！看大人还没有往饭桌前坐的意思，我又捏了一片瓜，很夸张地嚼着。现在想，老洋瓜是个很有意思的东西，在今天的菜市上已经绝迹，但在那个时代却是繁盛得要命，推车卖菜的，车上都有一筐老洋瓜。老洋瓜比西葫芦细，比黄瓜粗，白皮白瓤，皮厚籽硬，没有任何味道，最大特点是便宜好存放，老百姓拿它当主打菜。那个时候，北京胡同的孩子把老洋瓜基本都吃伤了，夏天，顿顿是老洋瓜，没别的菜。话说回来，现在的孩子，哪个又见过老洋瓜呢，那些下里巴的老洋瓜都跑哪儿去了？想念老洋瓜！

我和母亲的到来使饭桌上多了天福号的酱肘子和芝麻烧饼，酱肘子是让老七到西四牌楼特意买来的，烧饼是昨晚让刘大大提前打出来的，这是我们每回来的必带物件。有了这两样，农家的饭桌立刻变得奢华而热闹。烧饼夹肉，我一顿能吃俩，可是现在母亲暗示我只能喝粥，烧饼省下给日头吃。二姨和二姨父在吃上不吝，也不客气，把肉大块大块地往嘴里填，顺嘴顺手往下流油，看他们的样子，简直舒展极了，幸福极了。日头的筷子长了眼，专挑肥的往自个儿跟前夹，真正是吃着碗里的，看着盘里的。二姨父说，过年也吃不上这么地道的酱肘子，真解馋哪！

二姨说，他大姨想着日头缺嘴，回回来了带东西，不是酱肘子就是烧羊肉，什么是亲姨啊，这就是亲姨。

在曹家人的攻击下，一个大酱肘子，顷刻就少了大半拉。妈说留下半个明天吃，细水长流。二姨说，留什么留，要吃就痛痛快快吃，一年就这一回滋润。

二姨父赞同二姨的，日头的筷子把挨着骨头的一大块又拧了下来，二姨父搌起了一片颤颤巍巍、通红滑溜的肉皮，一家人没有顾忌，吃得痛快，吃得美！

知了在头顶毫无倦意地歌唱、撒尿，细细的知了尿洒在粥碗里也没人介意。头顶上的小葫芦长得有茶碗大了，生着细细的茸毛，在风里轻轻摇晃，好像也要参与到吃的队伍中来。黄狗不知什么时候悄悄凑了过来，拿嘴使劲拱我的腿，尾巴扑棱扑棱摇得很欢。黄狗心里想的什么我知道，我心里想的什么黄狗也知道，不顾母亲的眼神，我夹过一块肥瘦相间的肉，不敢立即兑现，偷偷攥在手里。黄狗当然心知肚明，在桌底下用嘴拱开我的手，悄没声儿地把肉吃了，而后把我的手舔得精湿。最终，我的膝盖上枕着狗脑袋，黄狗也不看肉，黑眼睛不错眼珠地盯着我，等待赏赐。二姨踢了一下狗说，这东西是人来疯，蹬着鼻子上脸！

我喜欢曹家的稠粥，大柴锅熬的，棒子渣很粗，有嚼头，还搁了豆子，红黄红黄的。这样的粥一开锅在院里都能闻见香味，粮食的香味，每每闻到这样的味道，我都觉得踏实和感动，它们才是生活的真谛，酱肘子毕竟是虚华的，浮在表面的东西，没有根基，十分的靠不住。我认识的老中医彭玉堂说过，肥腻生痰，肘子不能多吃，大人容易得紧痰厥，小孩容易痰迷心窍，都是不大好治的病。我们家有根老祖留下的拐棍，上头嵌着几个字："布衣暖，菜根香，诗书滋味长。"对衣服和诗书我没有特别记忆，对菜却是念念不忘，牢记于心。人哪，什么时候也不能忘了吃！

这样美好的柴锅豆粥在太阳宫以外的地方，我还没喝过。

吃过饭以后那些盘碗就在小饭桌上堆着，二姨不想收拾，二姨父也懒得拾掇，日头自然也认为不是他的工作范畴，大家都呈慵懒自在的状态，我想起了"狗熊吃饱了不耍叉"这样很贴切的词句。意思是马戏团的狗熊多有耍叉的节目，节目之前不能给它饭吃，一旦它吃饱了，便不再听吆喝，趴在那儿动也不动了。这样的状态在我们家是不允许存在的，一撂下筷子，妈就吩咐我，把盘盏端厨房去，该刷的该收的分类放好，妈认为这是闺女家家应该做的事情，不能让人催，要主动；将来闺女家家的一旦出了门子，吃饱了犯懒，会让婆家笑话。可是眼前，曹家人就没人笑话，顺其自然，恣意而为，挺好！干吗自个儿老跟自个儿过不去。

酱肘子之外，母亲还带来一些哥哥们穿不着的旧衣裳给日头。日头在人前话语不多,一双大眼睛很亮,二姨说过,日头的精气神全在这双眼睛上,他的眼睛里树呀、人呀、云彩呀装了不少东西,想要什么立马就能掏出来画在纸上。二姨一边夸日头的眼睛一边称赞那些旧衣裳,说日头穿上我哥哥们的衣裳一点不比城里人逊色,谁也看不出他是太阳宫种菜的。母亲说,那是,咱们的日头模样周正,长大了能干大事情,比如当科员什么的。

在母亲眼里,"科员"是个很大很重要的职务,我父亲在受任国立北平艺专教员之前当过几天科员,母亲认为科员是个很体面的职业,不是谁想当就能当的,这么一来,把我熏陶得从小立志要当科员。"文革"期间工厂到农村招工,我问人家,是招科员吗?人家说是招工人,我说我想当科员。招工的说,工人好,工人阶级领导一切,进了工厂你就知道了,工人发工作服,有劳保,一个月还有两块肥皂,科员什么也没有。

日头对我哥哥们的衣裳不感兴趣,他感兴趣的是我带给他的一大沓子废纸,那些纸都是我平时的积攒,有包茶叶的、包药的、包雪花膏的,还有别人没使完的作业本。日头需要这些纸,纸的背面都是空白,他可以在上头画画,画葫芦,画小庙,画蛐蛐,什么都可以进入日头的画纸,连黄狗也可以。这些纸被日头很仔细地压在炕席底下,一张纸画得满满的再抽第二张,绝不浪费。

我说我的七哥哥也是喜欢画的,他是拜了大画家徐悲鸿为老师的,老七平时也画葫芦、画蛐蛐什么的。日头说他很希望自己也有个会画画的哥哥,可惜他没有。我说倘若有机会我可以替日头引见。日头很高兴,问了许多老七画画的事情,盼着能见一见老七。我觉着,在日头的心目中,老七已经跟神一样了。

窑坑·小鱼·西红柿

吃过饭，不用二姨吩咐，日头就知道该做什么，他摘下了墙上的鱼篓子，捡了顶破草帽扣在脑袋上。我一看他这举动，立刻说我也去，二姨说野地太阳太毒，留神中暑。我说我不怕。母亲说，让她去吧，哪回从这儿回去不晒得跟红虾米似的。二姨说，白白净净的小丫头晒得黑老包似的，你们家该埋怨我们了！

我说，不埋怨，我愿意！

我跟着日头出了村向南直插下去，日头把他的草帽给我戴上了，草帽太大，遮着我的眼睛，只能看见脚底下一片地。钻进一片老玉米地，玉米叶子把胳膊拉出一条一条血口子，生疼。日头早没了踪影，黄狗从后头超过了我，四周密不透风，所有的庄稼都比我高，往哪儿走都逃不脱玉米秆的包围，我有种"鬼打墙"的感觉。我向黄狗求救，嘴里"大黄、大黄"地喊着，声音已经带了哭音儿。黄狗在南边叫唤，我摸过去，很快出了"鬼打墙"的玉米地。黄狗和日头在地边上等着，我的模样很狼狈，一脸的汗，一身的划痕，草帽也不知丢到哪儿去了。日头让黄狗回去找帽子，黄狗又钻进了玉米地，不一会儿把草帽叼出来了。前边的小村叫夏家园，夏家园村边有个水泡子，长着大片大片的荷叶。水泡子被当地人称为窑坑，是过去挖土烧砖留下的深坑，积了水，长了水草，表面上清幽幽地水波不兴，其实底下深浅无测，走着走着,刚到腿肚子的水一下就没了顶。常听人说,谁谁家的孩子在东直门外窑坑玩水被淹死了,窑坑是个可怕的所在,没哪个孩子敢轻易下到窑坑里去扑腾。倘若哪家的妈听说孩子上窑坑玩了,一顿臭揍是永远无法逃脱的,哪怕你躲到天涯海角也逃不过。附近炮局胡同的小四跟一群伙伴到窑坑玩水,淹死了,弄回家躺在街门口的墙根,盖着一领席,脚和手露了出来,涨得很粗,紫色的,十分可怕。我跑去只看了一眼,就吓得缩了回来,那紫色的脚丫子让我做了一宿噩梦,那张被草席盖着的脸更让人想入非非。

城里的孩子谈坑色变,都认为那是一个比大老虎还可怕的地方。

日头要到窑坑去摸鱼,这让我心里特别忐忑,跟在他后头,怕他下水又有点盼着他下水,不住地说,你行吗,你行吗?

我是想吃鱼,又怕他淹死。

日头拍拍鱼篓子说,待会儿看这个你就知道我行不行了。

在坑边,日头脱了衣裳,钻到水里去,水很清,我能看到他的两条腿在水里蹬,日头说他是在踩水,窑坑这边水深够不着底。他指指东边说,那边水浅,有太阳,暖和,鱼多。或许坑东边的水真不深,有时候日头一个猛子扎下去,水面上蹿出一片泥花;有时候钻进去半天也不见露头,我怕他钻泥里去出不来,在岸上使劲喊,黄狗也跟着叫唤。日头从水里伸出脑袋说,嚷嚷什么,鱼都让你们吓跑了! 别在这儿裹乱,哪儿凉快哪儿歇着去!

我说,我得看着你,你淹死了,我好回去报信。

日头说他淹不死,他是属龙的,是龙王爷的二大爷。

日头逮鱼,我在窑坑附近转悠。夏家园也是种菜的地界儿,夏家园的菜长得比太阳宫的好,这里离东西坝河更近,坝河曾经是元代通大都的漕河，因水源丰富，土地更肥，所有的菜都很水灵。我还知道，太阳宫和夏家园的西北，有个叫芍药居的地方，我对那个地方很向往，曾经想让日头带我去看那盛开的芍药花，日头说芍药是春天开，现在秋天了，就剩了狗尾巴花。二姨父说，芍药居还是种菜的地方，那儿并没有芍药花，菜农老赵在自家院里种了几株芍药，文人们便附会成了芍药居。

二姨说，芍药居哪儿有太阳宫好，太阳宫多大气！

让我没料到的是几十年后，被附庸风雅的芍药居竟然成了北京地铁的一个大站，成了一片繁华热闹的社区，有些事儿呀，真是不好说呢。

窑坑东的一片草丛里，立着一块石碑，石碑旁边我竟然发现了几棵西红柿！要知道，那时候的西红柿可是珍贵的东西，卖菜的挑着菜挑子沿街叫唤："香菜、芹菜、辣秦椒，茄子、扁豆、嫩蒜苗……"其中没有西红柿，西红柿很晚才在老百姓的饭桌上出现。那时候的西红柿，只是偶尔才能在孩子们的眼前闪亮一下，通红的，圆润的，多汁的，昂贵的，当水果吃。

石碑旁边的这几棵西红柿长得过了头，红得发紫了，充满着诱惑，充满着招摇，让人无法拒绝。我过去，毫不犹豫地拧下了一个，地里长的东西，难分是你的我的。四下张望，除了黄狗歪着脑袋欣赏我以外，周围并没有眼睛。我问黄狗，咱们还揪不揪？

黄狗高兴地摇尾巴，表示赞同，我不客气地又揪下个更大的，用衣裳兜着，四处踅摸弄个再辉煌点儿的，拿回去大吃一通。石碑横在眼前，挡住去路，看碑上的字，多不认识，只识得"夏……大人……"几个字，便对着墓碑说，夏大爷，吃您几个西红柿……没法子……馋啦！

自然没谁搭理我，只有草窠里的虫子在叫唤。

打过招呼，我心安理得地来到窑坑旁边，日头的篓子里已经装了不少鱼，都是小麦穗，也有不安生的小泥鳅。

日头看见我手里的西红柿说，你怎么动了夏二的洋柿子，这是夏家留籽的柿子，夏二看见了得拿锹拍死你！

我说，夏二有什么可怕，我连雍和宫的鬼都不怕！

我知道，日头对雍和宫的鬼很向往，他不止一次地跟我说过，想到雍和宫看打鬼。雍和宫打鬼仪式在正月，除了送青韭，曹家人忾头上我们家，他们不愿意见我爸，怕我爸嫌弃他们。其实对于乡下的"亲戚"，爸从来也没说过什么，既不热情也不冷漠，爸是教书的先生，大凡先生都是这副模样，让人老觉着隔了一层。

猛然，日头指着我后头喊，夏二来了！

我撒腿就跑，日头后边紧跟，黄狗窜得没了踪影……

蹦过河渠，蹚过冬瓜地，穿过柳树林，绕过荆条丛，我一路狂奔，不敢回头。

跑回太阳宫才发现，哪儿有什么夏二，都是日头胡编的。我怪日头骗人，日头狡猾一笑，狗牙往外一龇说，你不是不怕夏二吗，不怕你跑什么？

我说，我不是偷了人家的西红柿嘛！

日头拉着我的手，背着鱼篓朝家走，我抬头看，西边天空一片晚霞，美丽动人，我说这景致能入画。日头说那是火烧云，明天准是个大晴天，秋老虎没几天了。

二姨在门口招呼日头，让他回去帮忙烧火做饭。

银河·黄鼬·旱烟袋

今天晚饭是曹家的精彩——贴饼子熬小鱼儿。

鱼就是日头在夏家园摸来的小麦穗,大锅、柴火、风箱、小板凳,日头在灶下烧火添柴拉风箱,有条不紊,一会儿就把锅里的水烧开了。二姨把拾掇好了的鱼倒进锅里,从小缸里舀一铁勺自做的大酱,扔一把香葱,丢两瓣小蒜,用勺子慢慢地搅;二姨父抓一把和好的棒子面,使劲地甩在热锅锅帮上,氤氲的蒸汽里,那些生面团像一圈手拉着手的娃娃,谁也不乱动,可爱极了。紧接着大锅盖严丝合缝地盖上,蒸汽在锅盖上冒圆了,日头便抽了硬柴,灶底的火变得平顺、温柔,由着小火慢慢地炖。一家人配合默契,像共同完成了一场演出,各有角色,各司其职,真好!

锅里冒出了喷香的鱼味和贴饼子的香气,撩拨得人心里发慌,我坐也不是,站也不是,光想往锅跟前走,想掀开锅盖瞅瞅,那里边变成了什么。晚饭的桌上还有顶花带刺的黄瓜,嫩得一咬流水的小水萝卜,甜而不辣的羊角葱,它们都是蘸酱用的。酱是纯黄豆酱,晒了一夏,揭开酱缸,噗噗地冒泡,酵发得火候正好。我摘来的西红柿被二姨切成瓜瓣模样,搁在糙碗里,摆在我跟前。西红柿的籽硬了,吃在嘴里得吐核,肉也发干,不好吃。就这个吐核的东西还让我落了个偷的名声,想想真划不来。

贴饼子和鱼是同时熟同时启锅的,夕阳斜照在饭桌上,金黄的饼子和太阳的光糅合在一起,美丽动人,不像人间之物,却又是人间之物,让我激动得不行。小鱼的刺已经酥软,不再扎嘴,鱼肉也被酱汤煨得细腻入味,捡一条搁在嘴里,先嘬汤再吃肉,人间美味啊!在以后的日月里,我走了很多地方,吃了很多鱼肉,红烧的、清蒸的、侉炖的、油煎的、水煮的、生吞的,觉得都没有太阳宫的贴饼子熬小鱼鲜美,吃了一回,让我记了一辈子。

这晚上,我吃得不少,肚子里至少装进二十条小麦穗的身子,我不敢吃鱼脑袋,怕它们进到肚子里造反,咬我。真要那样,我怎能敌得过它们!饼子我只吃上头的焦疙渣,嘎嘣嘎嘣,又香又脆,吃几块都丢不开手。至于被揭了疙渣的饼子,日头很主动地接收了。

黄狗在远处趴着,不时拿眼睛往这边瞅,模样委屈极了。我问二姨怎不给黄狗吃饭,二姨说,乡下的狗从来不喂,它们会自己出去找食吃。我觉着黄狗挺可怜的,对曹家人这么忠心还得不到曹家一口饭,我要是狗呀,早就"不跟你们玩了"!

吃完饭,母亲和二姨坐在院子里聊天,她们总有说不完的话。二姨父不说话,坐在旁边一袋又一袋地抽烟,烟笸箩就搁在他脚底下,他一边抽烟一边揉搓那些烟叶。烟叶是他们家自己种的,收下来晾干,先用剪子剪碎,再用手搓,抽起来烟味很冲,辣而呛人。二姨父看我对他那些烟叶有兴趣,敲敲烟袋锅说,丫儿将来也得学着抽烟,抽了烟身上就有了烟油子味儿,土鳖、蜈蚣、蝎子什么的就不敢靠近你,省了很多麻烦。

我说我不敢抽烟,连我的哥哥们也不敢抽烟,他们怕我那个反感抽烟的爸爸。有回老三在茅房偷着抽烟,被爸发现了,一顿臭揍,屁股肿得不敢着凳子,龇牙咧嘴的,让老二替他抹了半瓶子松节油。

二姨父说，那是你们家，你们家规矩忒多。在我们这儿，连长虫也有烟瘾呢，夏家园夏二家的老爷子抽了一辈子烟，当然，人家抽的是大烟，每天要躺在炕上吞云吐雾，生生把一个家抽穷了。夏家老爷子死后第二天，一条大黑长虫从房梁上掉下来直直地挺在棺材盖上，有人说，长虫是家神，黑长虫是舍不得夏家老爷子，难过得昏过去了。其实呢，是老爷子每天在炕上抽大烟，房梁上的长虫也跟着闻味儿，久而久之也染上了大烟瘾。老爷子死了，不抽了，上头的长虫犯了烟瘾，受不了了……

我问夏二家那条黑长虫后来怎么样了，二姨父说这个他没打问过，不知道。妈说，这丫头就爱刨根问底，有时候问得很不着调。

二姨说，夏家老爷子死了有二十年了，谁还记得那条长虫！

二姨父装了一袋烟递给我妈，妈接了，很内行地就着二姨手里的火嘬了两口，吐出了悠悠的烟。我真不知道妈还会这个，在家里从没见她动过烟，到了太阳宫连大烟袋都叼上了，也是放得很开了。我想，这事我回去一定得告诉我爸。

二姨问二姨父，羊喂了没有，二姨父说下晚往圈里扔进去两筐草，早晨日头拉出去拴村外了，回来时肚子吃得圆圆的。二姨对妈说，太阳宫的羊只能圈养，方圆十几里都是菜地，啃了谁家的都不合适。他们家的羊是德胜门外羊店趸来的两只半大羊，估摸今年底就能杀了，到时候给我们送羊肉去。

我立刻想到了羊肉胡萝卜馅饺子，使劲吸了吸鼻子，闻到一股羊臊味儿。

日头拿着荆条在编筐，天渐渐黑了，乡下没有电灯，也不点油灯，借着微弱的光也还模糊看得清楚。日头说他在伸手不见五指的情况下也能编筐，编筐是凭感觉，不是凭眼睛。日头让我猜现在他编的是什么筐，我说肯定是带提梁的圆筐，就像你们家屋后装草的那个。日头说不对，他手里编的是元宝筐，两头圆当间细的那种，这是女孩子使的筐。我猜日头的筐一定是给我编的了，想着把那个筐拿到城里能派什么用场，最后觉得给花猫做窝倒是很合适，省得它睡觉老是钻我的被窝。

二姨父要到棚子里值夜，他种了半亩香瓜，马上要开园了，不是怕人偷，是防备地里的野物糟蹋。二姨父夹着衣裳走了，黄狗跟在后面，它是值夜的主要成员。我透过篱笆看外面，田野里黑洞洞的，有萤火虫在远处扎堆，一团一团的，像是精灵在舞蹈。黑暗里有一双绿眼倏忽闪过，我朝妈身边挪了挪，尽管她身上有陌生的烟味儿，也不计较了。二姨说，窜过去的是黄鼠狼，它惦记着屋后的小鸡儿。

日头说他天黑前已经把鸡窝门顶上了石头，黄鼬那双小爪想扒也扒不开。

一个乡间的小野物，二姨叫它的小名黄鼠狼，日头叫大名黄鼬，就像有人叫日头，有人叫曹太阳一样。我问黄鼠狼什么模样，是不是像书上画的灰狼一样。日头说，黄鼬细长细长的，一尺多长，它有缩骨法，多小的圆洞它也能钻进去，是偷鸡的高手。我让日头来日给我抓几只看看，日头说，还几只，我一只也捉不到，那东西鬼精鬼精的，带着几分仙气儿，不能招惹。

日头还告诉我，有一天夜里他从瓜地回来，月亮照得地上明晃晃的，连道上的土坷垃都看得很清楚。突然，他看见一只黄鼬在路上直立着身子对着月亮手舞足蹈。日头问我，你知道它在干什么吗？

我说，不知道，黄鼠狼的事情我怎么会知道？

日头说，它是在拜月亮。我问黄鼬为什么要拜月亮。日头说，黄鼬和狐狸一样，老到一定程度就成了精，它们不停地修炼，修炼到一定水平就能随意变化，变成美女，变成老头什么的。不过，黄鼬的水平比狐狸低一个档次，狐狸会炼丹，黄鼬不行。

我说那晚上应该把那只黄鼬像捉小鱼儿一样捉回来。日头说，哪能临到我捉，我还没靠近，那黄鼬就打了个喷嚏说，呸呸呸，晦气，今儿个不该出来！

我问为什么，日头说，我搅了它的好事，它还得再修炼五百年。可怜的黄鼬！

有股轻微的风从西边吹过来，夹带着丝丝凉意，树叶没动，草也没动，但是我感觉到了。西边是燕山，北京人管它叫西山，西山横亘在天边，蜿蜒得像条不老实的大龙。我朝西望，看不见西山，西边天上有光，那是城里的灯。看头顶，头顶是满天繁星，牛郎织女遥遥相望，包括牛郎担子里挑着的两个孩子，两颗忽闪忽闪的小星星都显得很亮。又粗又壮的银河，恍恍惚惚，密密匝匝，横亘琼宇，想那浩荡大水隔断牛郎一家人，母亲和孩儿再不能相见，只是让人心酸。二姨说，丫儿看银河呢吧，教给丫儿个秘密，你记着：银河调角，棉裤棉袄；银河分叉，单裤单褂。将来丫儿当了妈妈，这是应该知道的。什么时候给孩子穿什么衣裳，得看天，银河会告诉你。

我问二姨，什么是调角。二姨说就是调了方向，比如现在，它是南北向，是夏天，一旦它横过来了，就得穿棉袄了。我问现在银河是调角了还是分叉了，二姨吭唧了半天说大半是正在调角。

其实二姨自己也说不清。

田野里的秋虫聒噪得振聋发聩，满世界似乎都成了它们的声响，每一只虫子都在努力张扬着自己的歌喉，宣告着自己的存在，包括那只想吃鸡，还得继续修炼的黄鼬。它们使得黑夜中的太阳宫田野充满了生机，充满了灵动，充满了诡异和未知。我对日头说，明天你领我去看看太阳宫。

日头说，太阳宫有什么好看的，小破庙，快塌了的。

我说，破庙也是"宫"啊，出东直门，称得上"宫"的也就是这儿。

日头说，雍和宫不算？

我说，雍和宫在城里，在安定门。

日头想了想说，我带你上太阳宫，你得带我上雍和宫，我要看打鬼。

我满口答应说，没问题。

去年、前年我跟着父亲连着看了两回打鬼，把细节给日头讲了，他很期待，日日盼着能看一回。清朝的皇帝信奉密宗，雍和宫过去又是雍正的府邸，所以每年正月雍和宫打鬼的仪式就成为北京城的大事。为这个，庙里早早就提前准备了，届时皇上要派钦差来现场参与。到了民国，皇上倒了，打鬼的仪式依旧热闹隆重，不因时局的变化而有所改变，老百姓祈福禳灾的心愿什么时候都是一样的，不管有没有皇上。我们家看门的老张，最信奉雍和宫的神灵，动辄就跑到雍和宫去烧香、打问，连他脸上长了个疖子要不要挤破了，也要去雍和宫问佛爷。好在雍和宫近，我们家住戏楼胡同，胡同口就是雍和宫，几步路的事，跑去又跑回来，锅里蒸的包子还没到火候。有一回他崴了脚，脚脖子肿老高，做饭老王打趣他说，咱们是上医院呢，还是上雍和宫呢？

打鬼这天，雍和宫天王殿前搭了台子，铺上红毡，台下人头攒动，密不透风，千万人鸦雀无声，静等仪式开始。时辰一到，锣鼓号声震天而起，先是有金盔金甲的四大天王上场，威武庄严，舞蹈之后在四角站立，又上来几个活泼小儿和弥勒佛，欢快跳跃，引人入胜。接着鼓声一转上来个白鬼，头戴骷髅面具，手握招魂牌子，阴森可怕。白鬼走得离观众很近，边走边撒白色粉末，沾上白粉不是什么吉利的事，人群纷纷后退，把场子清扩出来。所以，有经验的看客一般都不往跟前挤，站在后头远远地观望。白鬼演毕金刚上场，还有鹿首、牛首的神，耍着各样法器，把妖魔团团围在当间，捉拿、清除，皆大欢喜。整个过程，无异于一部巨大舞剧，服装艳丽，造型特殊，充满神秘色彩。

日头拿笔认真地在墙上记下"正月三十，雍和宫打鬼"的字样。

朝霞·破庙·四老爷

第二天一大早,天还没大亮我就起来了,睡不着了。为什么呢?因为咬,蚊子整宿在耳边飞,嗡嗡嗡,你刚一迷糊它就来了,刚一迷糊它就来了,诚心不让你睡觉。土炕上的跳蚤也很活跃,钻到我的裤腰上转圈咬,那些大红包连成了串,痒得钻心。乡下的一切也不是全好,比如这些大包,回去让我抓挠半个月怕也不能平复。母亲和二姨还在熟睡,她们昨天叽叽喳喳聊了大半宿,比蚊子还讨厌。

我这么早起床,不知干些什么。来到院外,外面天气有些凉,草上有了露水。二姨院里的花都很普通,喇叭花、草茉莉、向日葵、鸡冠花,经过一夜的歇息,都很精神抖擞。茉莉花有的已经结了黑黑的籽儿,剥开那黑壳,里头是一窝白粉,可以往脸上擦,这是孙顺儿的媳妇教给我的。原本她是应该教给自己的闺女——那个夭折了的小丫头片子的,谁能想到小丫头片子是个偷生鬼呢!想起了小丫头片子,心情有点儿沉重。

不知什么时候,东边天空开始泛红,天边的云彩染上了胭脂的颜色,房子、大树、菜地、水塘,在云彩的渲染下好像画出来的一般,都映着红。树后头的天空最亮,我知道,待会儿太阳就会从那里升起来。我不错眼珠地盯着那块地方,生怕错过了伟大庄严的时刻,这个时刻很难得。很快,树后冒出了一个通红的亮点，那应该是太阳的脑门了，太阳的脑门一蹿一蹿的，蹿一下高一点儿，似乎不忍和大地分离。我的眼花了，只是感到一个大鸡蛋黄在上上下下地抖动，跟大树若即若离。

日头从院里跑出来，黄狗也跑出来，日头问我在干什么。我说在看出太阳。

只这一转脸，没盯住，太阳就跳出了树枝升上天空。大地一片金光，连风吹动树叶也带了金属的声音。光明中，迎着太阳，沐浴着晨风，我感到自己变得清澈透明，好像能飘起来一样。低头看，黄狗的表情也变得十分神圣，阳光下它的一双黑眼睛很亮很亮。我觉得在这样重要的时刻我得像我爸爸一样作一首诗，才对得起这为我而升起的太阳。

我爸爱写诗，看月亮写诗，看菊花写诗，看卖小金鱼儿的写诗，看人家放风筝还写诗，他画的每幅画上几乎都配着他的诗。现在，我看到了太阳的升起，怎能没有诗歌相佐，而让太阳孤寂地上天呢？

我对日头说，我要为太阳宫的太阳写诗。

日头说，那你就和皇上一样了。

我问此话怎讲。日头说这事夏家园的夏二知道。夏二说乾隆有一天东巡，走到这里，正好看见出太阳，望着光芒万丈的大地，皇上跟现在的我一样很感动，作了一首诗，说这里像是太阳宫！后来，村里人就在这儿盖了庙，叫太阳宫。

我说，那个夏二怎么都知道？

日头说，夏二念过半年私塾，他们家是书香门第。

我说，他怕是连《三字经》也没念过。

日头说，有可能。

我让日头带我看太阳宫。日头说我身后就是。我回身看，哪里有什么红墙黄瓦的宫,不过是座颓废的小院罢了。院子门口有个看不出模样的影壁,露着土坯的内胆,残留的墙皮上画着一棵歪歪扭扭、没精打采的树,是不是爸所说的太阳落脚的扶桑也未可知。院门口两棵老榆,房后一株病柳,三间歪斜的平房,一口半埋的破钟,无一不显露出破败残缺。

我说,皇上的庙应该有琉璃瓦,比如雍和宫,黄灿灿一大片屋顶,那才应该叫太阳宫。

日头说他不知道什么叫琉璃瓦,他从来也没见过琉璃瓦。太阳宫不是皇上的庙,是他们村里自己盖的庙,每年二月初一太阳过生日,有人过来烧几炷香,仅此而已。

我说,太阳比黄鼬还可怜,那么大的名声,住这么个小地方,委屈了。

日头说,比土地庙好多啦,我们村的土地庙还没有我膝盖高。

走进"宫"门,内里比外头还荒凉,草有半人高,地上堆着渣土、垃圾、粪矢,一条腐烂了的长虫横陈在台阶上,被一群蚂蚁包围着……三间小屋的房顶露了天,北墙有二尺高的土台子,上头坐着四个缺胳膊少腿的神像,神像泥皮脱落,面部塌陷,粗糙拙劣,无法打眼。

我问四个人是谁,日头说,夏二说过,是日月水火四老爷。

又是夏二!

我说,太阳宫一个太阳就够了,那三个跑这儿凑什么热闹?

日头说,大概是怕太阳一个人闷得慌,来做伴的。

我分不清四老爷中哪一个是太阳神,太阳神才应该是这座"殿宇"的主人。日头说他也不知道哪个是,村里人也没谁说得清。

我对太阳的宫殿十分失望,它打破了我对"宫"的认知和憧憬。破烂的太阳宫坚定了我要让日头见识雍和宫的决心,我一定要他看看真正的"宫"是怎样的气派,怎样的不同凡响。傻日头虽然会抓鱼,会编筐,但是认知毕竟有限。

早饭后我和母亲就要回城了,日头搬来昨晚编的筐,果真是很漂亮的元宝筐,筐里装着金黄的倭瓜、黑紫的茄子、紫根野鸡脖韭菜,还有四个花皮香瓜。蔬菜之外还有半口袋棒子渣,二十个柴鸡蛋……这些东西,真够我们拿的。

二姨父和日头将我和母亲送到东坝河,路上,日头还追问我作的太阳诗。我说下回来了带给他看。日头说等不到下回,他就会跟他爹去戏楼胡同,去雍和宫。

曹家爷俩看着我们上了三轮车才离开,黄狗追着车跑了很远。

卤煮·打鬼·猩红热

正月底，二姨父带着日头来了，专门来看雍和宫的打鬼。

曹家爷俩是做了充分准备的，衣裳都是新做的，二姨父是长黑布棉袍，系着褐色棉布腰带，日头是短打扮，崭新的棉裤棉袄。爷俩的头上是两顶一模一样的毡帽，一看便是在同一时间一个地方买的。日头的衣裳明显偏大，裤腿、袖口都挽着，那是二姨的心劲儿，这会大，穿穿就小了，日头还得长个儿。

老张把二姨父领到正屋，他们把从太阳宫带来的东西都放到客厅的花砖地上，有羊肉，有一只扑棱着翅膀的老母鸡，有包心的大白菜，还有一筐鸡蛋，自然更少不了一捆用二姨棉背心包着的嫩青韭。跟在太阳宫比，二姨父多了许多拘谨，搓着两只手站在地上不知怎么待着才合适。妈让他坐，他看了那把镶螺钿的太师椅，犹豫了半天，才把半个屁股搁在椅面上，展现着随时站起来的模样。日头抄着手站在他爹的椅子后边，看着墙上的四扇屏发呆。四扇屏是老七的画，工笔花鸟，画里牡丹花下的大花猫就是照着我们家的猫画的，惟妙惟肖，无论你站在哪个位置，猫的一双眼睛都盯着你，绝了！日头的嘴张着，眼睛发直，模样傻得不能再傻。

我给太阳宫的父子俩端来了茶，北京吴裕泰的茉莉香片，那小小的碗盏让二姨父看了吃惊，他琢磨了半天，到底没有用那割韭菜的粗手指头捏起那弯弯曲曲的茶碗鏊儿。

父子俩说已经吃过了饭，妈问什么饭，说是晌午饭，妈就知道了这爷俩还没有吃晚饭。妈把他们安排在南屋，南屋是一进大街门的倒坐房，平时不住人，有时候爸的学生到家来，晚了出不了城门，就在南屋临时凑合一宿。南屋没火，老北京那会儿没有暖气，都是生洋铁炉子，讲究的安上一节一节烟筒，一般的是在院里生了炉子，看火苗旺了再端进来，房里永远弥散着一股呛人的煤烟味儿。那天，妈没有给二姨父生炉子，因为打仗，西山门头沟的煤拉不进来，家家户户都是限量供应。在京城滴水成冰的日子里，睡惯了太阳宫热炕的父子俩，其难熬程度可想而知，但是老张却说，傻小子睡凉炕，全凭火力壮！老张将曹家父子比喻成"傻小子"，让我的心里老大不痛快。

厨子老王为曹家父子蒸了一锅发糕，做了熬白菜，虽然简单粗劣倒也热热乎乎，二姨父和日头都很满足，就在厨房的案板上吃，吃得满头冒汗。老张又多嘴说，吃饭冒汗，一辈子白干。

我说，老张你贫不贫呀，你的话怎那么多！他们是我妈的客人，也是我的客人。

这个老张，自己本身也是乡下人，张各庄榜大地的，进了城十几年竟然看不起乡下人了，忒势利，我不喜欢他。

听说我爸爸领着学生到河北鸡鸣驿写生去了，二姨父松了一口气，日头说早知这样应该让他妈也来雍和宫逛逛。二姨父说，你妈来了咱家那些鸡呀狗的怎么办？

日头说，饿它们一两顿也没什么。

话是这么说，但是二姨父看到我那位同父异母的七哥哥便不再说让日头妈来的话了。父子俩在院里碰到了正回家的老七，当日头知道眼前站立的就是画牡丹花猫的七哥哥时，立刻显出了无限的恭敬和虔诚，朝着老七深深鞠了一躬。老七了解到跟前站的是太阳宫的菜农，只是点点头就过去了，连个问候的话也没有。看老七不回头地往后院走，我喊道：呔！老七你站住！

老七问，什么事？

仍旧是连头也没回，傲慢得厉害。

我说，曹太阳要跟你学画画。人家盼了大半年啦！

老七慢慢转过身来，也不看满脸期盼的日头，慢条斯理儿地说，想学画画，考艺专去呀，那儿是专门学画画的地儿。我不带徒弟，我不是往木头上画金龙和玺的画匠。

让日头考徐悲鸿的艺专，啊——呔！亏他说得出！

日头已经听出了老七的揶揄和拒绝，低下头一言不发，拿脚尖搓着地面。我想他心里一定很失望，很难过。我没想到，平时老七跟我没大没小的，任着我欺负和摆布，却不知他对乡下人还会这样端架子耍派头，冷落了客人，让我好没面子。

最失落的应该是日头，本来兴冲冲想着跟神一样的老七讨教画艺的，却不想热脸碰了个冷屁股，让我以后再怎么跟他谈论老七和他的画？不想，日头抬起头看了我一眼，淡淡一笑说，七哥哥今天累了。

我跟妈说，您说这个老七，他怎么是个这样的人？

妈只有像日头一样地笑笑。她是老七的继母，继母就是后妈，后妈能对前房的儿子说什么？什么也不能说！

看起来，我们家只有我和母亲视曹家人为亲戚，别人谁也没进入角色，难怪平时二姨父不愿意上我们家来。

我觉着，人得将心比心，夏天我到太阳宫去，曹家全家实打实地待承，让我挑不出一点儿不好；现在人家到了我这儿，我们就拿熬白菜对付人家，拿风凉话挖苦人家，我都替我妈害臊，下回还怎么去太阳宫呢！好像妈不在乎这个，妈有妈的招数，我看见她偷偷塞给日头十块大洋，让日头想吃什么到外头买什么。十块大洋，真不少啊，二姨父和二姨一年大概也挣不出这个数来。所以，二姨父和日头都很高兴，他们没太挑礼儿，冷就冷呗，风凉话就风凉话呗，怀里揣着钱呢！

第二天，曹家爷俩出去整整逛了一天，说是去了天桥，看了杂耍，看了耍叉的黑狗熊，给二姨买了过生日戴的绒花和碎花布。那块花布是紫地绿花，土得不能再土，我真奇怪，以日头的美术水平怎么会给他妈挑这么一块布料。二姨父说日头在东四牌楼摊上吃了六个卤煮火烧，把卖卤煮的吓怕了，第七碗说什么也不卖了。

卤煮火烧是北京小吃，严格说它更应该属于河北范畴，把烙好的火烧放进带有猪肉和下水的卤汤里一块煮，吃的时候把火烧捞出来，横竖切四刀，再舀进卤汤，肉烂饼香，非常进味儿，是受欢迎的大众食品。可惜，我到现在也没吃过北京的卤煮火烧，每回从卤煮的小馆前走过，都被香味吸引，但是一见那眉目甚不清爽的大锅和锅里那些腾挪翻滚的莫名其妙，立刻没了胃口，真难想象，日头连火烧带汤竟然吃进去六大碗，他的肚子总共才有多大地方啊！

比起我的二十条小麦穗鱼，日头真是吃多了，刚开始还没觉怎的，后来肚子越来涨得越厉害，老王叫他抠嗓子吐出去，日头舍不得，情愿撑着。后来我妈采取了治我的办法，让老王沏了半碗起子（苏打）水，给日头灌下去了，日头才勉强躺下睡了。

第三天是雍和宫打鬼的正日子，妈不让我去看打鬼，说喇嘛手里打鬼的鞭子胡抡，抽着人的事情年年都有，爸不在，没人能管得住我。不让我去，妈也不去，让老张带着曹家爷俩去雍和宫，还特别嘱咐，看看就回来，别看到底，工夫太大，把人冻坏了。我为不能陪日头看打鬼遗憾了一早晨，巴不得把那些喇嘛冻翻了，打不成鬼才好。

老张和曹家爷俩出门的时候天上飘起了雪花，刮起了灌脖子北风，气温降得厉害。不到一个时辰，房上、树上、院子里就全白了。院里没人走动，一片寂静，只有花猫从雪地上跑过，留下一串好看的梅花印儿。妈给我点了个手炉让我抱着，得意地说，不去好吧？在家暖暖和和的多好，大下雪的跑雍和宫看什么打鬼，闹不好把鬼再带回家来。

锣鼓声还有大铜号沉闷的呜咽声从西边借着风雪传过来，号声低沉却富于穿透力，颇具煽动意味，仿佛这漫天大雪就是借助号声从高天翩翩而来的。妈的想法太简单，太直接，她哪能理解雍和宫那些色彩艳丽、造型怪诞、动作夸张的傩舞对小孩子是一种多么大的诱惑啊！

自鸣钟刚转了两圈，老张就领着曹家爷俩回来了，老张说再不回家日头的小命就没了！妈急着问怎么了，二姨父说日头的魂让白鬼拘走了。

再看老张身后的日头，顶着一脑袋一身的白粉，牙关紧咬，眼睛发直，倏倏地哆嗦。妈问他话他也不回答，把牙磨得咔咔响。妈说，这还真是中魔了，合算喇嘛把鬼赶日头这儿来了！

老张说，他使劲往前挤，站到台跟前儿了，这要命的粉末子不扬他身上扬谁身上。

妈赶紧过去拍打日头身上的白，老张让妈别拍，说这白落到哪儿哪儿倒霉。妈说这怎么好，老张说拍到大街门外头去，让过路的踩了带走。

我说，这是以邻为壑，有点儿缺德。

老张说，到了这份儿上也别说什么德不德的了，谁让咱们摊上了呢。

日头像街头耍"呜丢丢"的小木偶一样，被老张和二姨父提溜到当街，在雪地里好一通拍打。被拍打的日头眯着眼睛，像睡着了一样，有点儿魂不守舍。二姨父说，日头，日头，你说句话呀！

日头自始至终一声不吭。

没想到日头看打鬼看成了这种效果，我心里觉着怪对不住日头的。老张说，小门小户的日头属草芥之命，太薄，扛不住这轰轰烈烈的场面，在场子上被追赶得团团乱转的邪气、孽障自然是奔他而来。

妈让老张不要说了，越说越邪乎，她让老王烧了滚烫一锅姜汤，逼着那爷俩喝了。半夜，日头开始发高烧，嘴唇起了一圈燎泡，不停说胡话。妈说日头昨晚卤煮火烧吃多了，停食着凉，到胡同口药铺买了一大包焦三仙。煎了，给日头灌下去了。

焦三仙没起作用，下午日头起了一身密扎扎的红疙瘩，整个人都变成了红的。

老张说这是鬼风疙瘩，日头真是让鬼扑了。

妈让老张赶紧想驱邪的办法，老张顶着大雪和二姨父去了东边的柏林寺。

老张找的是广玉，他请广玉帮忙想想办法，救孩子一命。广玉一听就拒绝了，说无能为力，另请高明。听老张回来学说，老王说，该着绝你，喇嘛惹的事你找和尚，人家不让你"另请高明"才怪。

情急之中我还是请来了老七，老七有知识，毕竟比妈强，妈毕竟是一字不识的文盲。老七在日头的床头站了半天，说日头的病不是一般小病，可不能马虎了。说着就穿了大衣，冒着大雪去南城请大夫了。我站在门口，看着老七消失在风雪中的背影想，老七对日头其实还是很好的，不似我想的那般冷漠。错怪他了。

老七请来了大夫彭玉堂，彭玉堂是我们家多年的老朋友，给我也看过病，他本是留过洋的西医，擅长做脑外科手术，有人点着名要他执刀，他做一台手术要用金条来计算酬劳。当然，我们家是没有金条给他的，他肯过来，是看在爸的份儿上，他和爸曾经是同学。

彭玉堂给日头看了，说日头是急性传染病猩红热。

猩红热是小孩子的病，妈一听就害怕了，比听见鬼进了家门还害怕，胡同里年前死了一个叫小明的孩子，就得的是这病。小明死后，有穿着白大褂的人到各家往孩子身上喷药水，当时老七说都是瞎掰，猩红热是飞沫传染，喷孩子管什么用。妈说喷总比不喷好。特意让人家把我前前后后都喷了个遍，不管怎么说，猩红热在那个年代是个可怕的病。

妈前脚雇车把曹家爷俩送回太阳宫，后脚就把我隔离到小套间，不让出来了。她说日头留下的病菌还在屋里飞散活跃着，让我撞上哪个都会像小明一样，必死无疑。妈天天看我的嗓子，量我的温度，风声鹤唳，我稍微咳嗽一嗓子，她都急着让老七去叫彭玉堂。我被封闭在小套间，想着法子吓唬妈，今天说脑袋疼，明天说身上痒痒，后天说肚子胀，我喜欢看妈着急的样子，喜欢看她因为我而无处抓挠、提心吊胆的紧张。一时，我成了家里的中心，仿佛我"病"得很重，没有几天活头了，为此我自己也觉得自己活不了几天了，所以尽着想象给妈提要求，今天要吃鸡蛋羹，明天要吃核桃酪，后天要吃贴饼子熬小鱼……

老七对妈说，把她放出来吧，都惯成什么了，没样了。

047

纸袜·纸鞋·二姨父

一晃大半年过去，又到了夏末初秋，给日头攒的废纸已经厚厚的一沓，跟着老七逛旧书店，老七还给日头找了一本画画的书，上头有萝卜、白菜、蝈蝈、喇叭花什么的，想的是快该跟着母亲上太阳宫了。

没想到，我们还没动身，日头自己来了，没坐车，是走来的，浑身的油汗浑身的土，最让人惊心的是那一身热孝，在夏日的热浪中，头上顶着的麻包片说明了曹家有重要的至亲过世了，披麻戴孝啊！日头进门就磕头，给老张磕，给老王磕，给我磕，妈从屋里跑出来大声喊叫，日头啊，咱这是怎么啦？

日头说，我爸爸殁了——

母亲说，正月不还好好儿的么？

日头说，昨天夜里咽的气。

妈一听，拽着日头就往门口跑，边跑边喊着让老张赶紧雇车。老七给母亲递了些钱，说这个是必须带着的。母亲接过钱，有些木然，带着日头上了三轮车，让车夫快蹬，要多少钱都给。

我追出大门，黄狗一样跟着三轮车跑，叫着，妈！妈！还有我哪！

妈回过头说，在家老实待着！

我哪儿跑得过三轮车，眼瞅着妈和日头的背影到了胡同东口，往南一拐，没影了。

太阳宫那场丧事办得很简单，母亲第二天就回来了。曹家死了当家的，二姨成了寡妇，日头成了没爹的孩儿。原来正月日头那场猩红热没有传染给我，却传染给了他的父亲，敢情大人的猩红热麻烦程度远过于孩子，没多久，二姨父就转成了肾炎，全身浮肿，尿中带血。人说这个病是最怕累的，可是种菜的二姨父哪里歇得下来，一家人的嚼谷都在他身上啊……

肾炎病人挣扎着下地，挣扎着干农活，庄稼没长好，人也慢慢不行了。最后倒下了。

听说二姨父入殓的时候头肿得有斗大，看不清鼻子眼睛，脚肿得穿不上鞋和袜子，鞋和袜子是用纸糊的。

几十年后我成了一名医生，传染科的医生，这与曹家二姨父并没有什么因果关系。我在西北的传染病院干了八年，在我的手下，处理过无数猩红热病人，有大人也有孩子，也有转化成肾小球肾炎的患者，基本都痊愈了，在医学高度发展的今天，这个病对人类已经构不成威胁。但是，面对病人，我常常想起太阳宫，想起了那风光秀丽的乡村，想起穿着纸袜子纸鞋入殓的日头爸爸，想起他的烟袋和烟笸箩……

日头爸爸去世不到一年，是二姨大喜的日子，二姨为日头找了一个继父，母亲作为娘家人，婚礼是必须要参加的。母亲在路上教导我，到了太阳宫脸上要喜兴，嘴要甜，多说吉祥话，不能提死了的曹大大，最重要的是还得管那个新进门的男人叫"二姨父"，要叫得自然亲切，不能打磕绊，这样新二姨父才高兴，二姨才踏实，我们这趟才算没白来。

母亲问我听懂了没有。

我说，没懂。

母亲说，你已经是小学生了，怎么还不懂人情世故，你二姨一个女的，带个孩子，在乡下活得下去吗？她不往前走这一步这个家就得散！你得替她想想……

母亲说着哭了。

我问日头的新爸爸是谁，母亲说是夏家园的夏二。

我说，啊——呸！

母亲说，你这是什么态度？我最不愿意听你说"啊——呸"，夏二怎么得罪你了？

我一路没有说话。

无话可说！

一切还是老样子，土房、篱笆墙、鸡窝、葫芦架，但不能说是曹家，现在得称夏家了。

夏家的喜事办得简单潦草，做了一锅打卤面，随到随吃。卤做得很咸，浇半勺能把人齁死。二姨穿着紫花夹袄，是二姨父正月给买的那块花布做的，没想到在这儿派上了用场。夏二穿了件蓝布长衫，穿长衫以示自己的半年私塾学历，出自书香门第。母亲给二姨请安道喜，背过身来却偷偷抹眼泪，二姨的眼圈也红红的，强装欢笑地把红糖蒸饼往我手里塞。

夏二的身板很壮，秃顶，留着山羊胡子，眼睛有些斜视，这样你就看不出他的眼神到底在瞅谁，怪怪儿的。夏二夸张地招呼着我们，说我们是城里大宅门的亲戚，他说他到北小街炮局送过菜，路过我们家，广梁大门，高台阶，上马石，一看就是有身份的人家，这下好了，以后他再上炮局就有地方歇脚了，可以进大宅门喝茶了。夏二一边说着一边递给我一个梨，梨太大，他切了一块给我，我接过来，偷偷搁在窗台上了。大喜的日子，吃梨，这个兆头可真不怎么的！

我不喜欢眼前这个叫夏二的男人，他话太多，斜眼珠子太灵活。跟原来的二姨父比，我更喜欢先前的那个。所以，自始至终我也没管夏二叫一声"二姨父"，母亲暗示了我几回，我就是张不开嘴，奈何！

那天，我在太阳宫小庙里找到了日头，他抱着腿在四老爷脚底下坐着，目光呆滞，脸色苍白，全没了昔日的活泛和明朗。见我进来，他的第一句话是，我害死了我爸爸。

我说，你怎么这么想？不应该的。

日头说，是我把病传给他的，不害那病，他不会死，他的身体很结实。以后不论遇到什么，我都罪有应得。

我说不是那么回事，老张嘴头常说，死生有命，富贵在天。老天爷就这么安排的，谁也不能不听老天爷的。

日头把脑袋扎在胳膊弯里，我能想象那张满是眼泪、满是痛苦的脸。在新爸爸进门、妈妈大喜的日子里，日头泪流满面。我让他以后好好待承他妈，他妈最可怜。

日头说，她可怜什么，又有了新男人，她高兴着呢！

半天，日头说，你知道吗，我现在不叫曹太阳，叫夏太阳了。

我说，我以后还叫你曹太阳，叫你日头。

日头摇了摇头说，嘁，一个贱名儿，怎么叫都行。

我说，咱们一点儿也不贱，光芒万丈的太阳，能贱吗？

日头说，我没了爸爸也没了妈，没爹没妈的孩子，比草还贱。

我说，说什么哪，你妈可是亲妈！

日头说，我爸坟上的草还没长圆……她就又嫁了……

我学着妈的话说，她一个女人家，不嫁怎么活呢，她不嫁，你们这个家就散了。

日头说，你没看出来吗，已经散了。

我说，日头，我也不能常来看你了，我上学了，以后逮着机会你来戏楼胡同找我吧。老七答应教你画画了，还给你买了书。

日头苦笑了一下，没说话。

我陪着日头在太阳宫里坐了半天，妈来找我，说是要回城了。妈和二姨都知道，以后我们再不可能在这儿住了，这家已经换了主人。

日头就在破庙里坐着，相伴着四个老爷，一直到我们走，他也没回来。二姨说，日头太拗，心思太重……

母亲劝二姨说，时间长了慢慢儿就好了。

我说，乡下的孩子也不是没心倒肺的。

母亲让我不要火上浇油，二姨的心里现在够乱的了。

抗美·援朝·志愿军

以后，我再没有到太阳宫去过，主要是身不由己，在方家胡同上了小学，已不是儿时脱缰的野马，被戴上笼头了。其间母亲去过太阳宫，是为二姨去的。

二姨死了，死得很突然，说是不留神滑进窑坑淹死了。母亲不解地说，她待得好好儿的，上窑坑干什么呢？

夏二说她是去找日头，很多时候她是满村喊着日头的名字，四处寻找，日头这孩子有点不合群，性格孤僻，不招人待见。母亲奇怪她的朋友怎会进了窑坑，夏二的解释是，窑坑是个没深浅的地方，里头有淹死鬼，每年都要拉替身，非此而不能托生。

连母亲都说，那是迷信，不可能！

我觉得是二姨活得没了意思，自己寻了短见。听母亲说，从坑里捞出二姨，她身上穿的是那件紫地绿花的夹袄，脑袋上还别着红绒花，怕花掉了，用丝线扎得很紧，看来一切都是特意。按老张的分析，雍和宫打鬼，日头被撒一身白即是被鬼跟上了，性情已然迷乱，厄运便接连不断，这都是冥冥中阎王爷的安排。

我说老张是胡说八道！

很快夏二再婚，又有了自己的儿子，叫夏晓阳。

日头真的没爹也没妈了。

1952年抗美援朝，日头当了志愿军。

出发前他特意到我们家来告别，穿了军装的日头威武英俊，再不像四老爷脚底下那个萎靡不振的半大小子。我摸着他的崭新衣服和大皮帽子，十分羡慕。我告诉他，我们这些学生正给前线的志愿军做慰问袋，写了信，装上书签、毛巾、笔记本什么的交给学校，再由学校分配到朝鲜去，大家都希望自己做的袋子能送到英雄的手里，那该是多么幸运、多么有意义的事情呀！日头说他不要毛巾，他希望他的慰问袋里装一本美术书。我说打仗怎可能一心二用，你要保家卫国呢！

母亲在旁边插嘴，日头，你真要离开太阳宫呀？

日头说，姨，我真要离开。

母亲说，走了以后，你不想家？

日头说，那里有什么需要我想的吗？

接下来母亲的话让我吃惊，母亲让日头到火线上要多长心眼，枪子儿是不长眼睛的。子弹尽量别往人致命地方打，无论谁都是一条人命……

我母亲在当时是街道积极分子、治保主任，主任对即将上战场的志愿军战士说出这样的话，让我对她有了新的看法，母亲把她的另一面毫无保留地亮给了日头，她或许有了什么样的预感，但她对我，却一直都是硬铮铮的街道治保主任。

那天日头离开我们家的时候，突然想起什么似的对我说，呃，太阳宫的庙现在改成小学校了。

我问，四位老爷呢？

日头说，扔窑坑，彻底化成泥了。

日头走了，到朝鲜去了。

时间过去一年、两年、三年……我没有收到他的音信。

回国的人一批、两批、三批……我没有看见他的踪影。

一直到 1958 年底，志愿军全部回国，我也没有得到日头的任何消息。

"文革"的时候遇见夏二，已经是个白发苍苍的老头子了，佝偻着腰，趿拉着鞋，邋遢不堪。他说还住在老地方，夏晓阳在城里当学徒，他是来看儿子的。我向他打听日头的消息，他说没有信儿，一直没有信儿……

停顿了一下夏二说，按说他姓曹，跟我们夏家没关系。

日头这是被连根拔了。

我说，曹太阳会回来的。

想念日头

  北京只几十年的工夫便已是沧海桑田。几个月不上街，识不出本来面目的情景常有。
  因为拆迁，我们家从戏楼胡同搬到了城市东北角的望京，住在高高的21层楼之上。每天云里雾里地看着北京，看一片片高楼从远处、近处拔地而起，越看越模糊。我每天要坐三站公交车到早市买菜，菜场的名字叫"夏家园市场"，市场的旁边是地铁十号线"太阳宫站"。在人群熙攘的市场，窑坑、菜地、夏大爷的石碑已经幻化成鲜鱼水菜，幻化成玻璃钢大棚和忙碌的小贩，小贩们虽与夏二没有任何关系，但个个身上都有夏二的影子。一个留着山羊胡的男人在卖西红柿，价格比别家贵两倍，广告上注明是"本地产传统沙地西红柿"，见我在摊前流连，山羊胡子说，买斤回去尝尝，能吃出小时候的味道，保你明天还来！
  花鸟市上有卖小仓鼠的，小鼠在笼子里无休止地蹬着转筒，坚韧不拔，我想起了日头说的在月光下修炼的黄鼠狼，五百年时光，还很遥远，都是车水马龙的马路，它到哪里去炼呢？改蹬转筒了吗？花坛里盛开着粉色的月季，那是城市的统一绿化。无意间，在月季丛中，我看到了一棵细嫩的喇叭花，小小的花朵怯怯地张着，窥探着花丛外边的世界……太阳宫的精灵，让我在有意无意间碰撞，心被一次次触动。有些酸涩，有些温馨，更多的是

只属于自己的怀念。

　　提着一兜菜我站在汽车站，周围林立的高楼让我不知身在何处。太阳从东边升起，懵懂模糊的一个红团，刚露头便闪在了楼房的身后，很有羞于见故人的模样。太阳宫，太阳的宫殿，如今又有谁还知道它曾经的模样？我想起了我要为太阳宫而写的诗，几十年了，一直没有完成它，关键是再没有看过那样动人的日出，没有过那样的心情和感动。不远处有南湖和南湖公园，它的前身大概和窑坑有关系，风景依然秀丽，草坪新铺，假山人造，没了野趣，少了自然。一只黄狗摇头摆尾地从马路对面跑过来，我惊喜地迎了过去，狗在我跟前停顿了一下，看那眼神，竟是似曾相识的熟悉。我问跟在它后头的主人，这是什么品种。主人说，拉布拉多。

　　哦，洋种的。

　　抬起头再看那太阳，太阳已隐入云层，再不肯露面。一群人从太阳宫地铁站涌出来，这个站或许就建在太阳宫的小庙上，对面那座玻璃墙的大超市，难道就是日头过去的家。

　　曹太阳，你是否还在人间？

扶桑馆

一

狸被我踹了一脚,扁脸抵在地上,屁股撅得老高,嘴里发出呜呜的声响,那块顶着红玫瑰花的蛋糕被压在身底下,成了模糊的一团。

我们哈哈地笑,苏惠抓了一把土扬在狸身上,使狸的面目更加不清爽。苏惠是个安静平和的孩子,不似我,属于"淘得没边儿的"(我妈的评价),苏惠对狸这样做,已经超出了她的行为规范。

狸是杂种,他妈是日本人,带着他妹妹住在横滨。横滨离北京有多远,我们不关注,我们关注的是狸的奇怪长相和傻乎乎的性情,以及他手里常常变换的美食。狸不亏嘴,他爸宠着他,百依百顺,他手里有时是艾窝窝,有时是冰激凌,有时是镶着豆沙的大糖葫芦,甚至还有装在铁盒子里的鱼皮花生,都是我们很向往又很难得到的东西。狸喜欢把这些东西拿到街门外,坐在台阶上,在太阳底下独自慢慢享用,吃得认真又夸张,这是狸之所以没人缘的所在。胡同的孩子家境一般,平日别说奶油蛋糕,就是回民铺子的早点油炸糕半年也难得吃上一回。我的条件相对优越,知道不要拿着好吃的到外头去显摆,那样会让别人难堪。妈说过,别人吃东西不许在旁边瞅嘴,看人吃东西很掉价,很丢人现眼。但是我知道,看狸吃东西不在"丢人现眼"之列,只要看

061

见狸在台阶上坐着，鬼使神差，我们便会自觉不自觉地凑过去，先是揶揄、调侃，紧接着把他手里的东西打掉，欣赏狸那欲哭无泪的模样。这是我们的恶作剧，小孩子没有不喜欢搞恶作剧的，要不就不是小孩子了，不打架不闹事我们就会精神不爽。

狸的眼睛很小，距离很宽，嘴巴大，牙朝外龇，要哭的时候头一仰嘴一歪，俩眼珠向鼻梁集中，那斗鸡眼的模样不是谁都能做得出来的。我们这群人当中，能做得出斗鸡眼的只有小四儿。我曾经对着镜子练习斗鸡眼，妈问我在干什么，我说在学狸。妈告诉我不要欺负狸，说狸是个可怜的孩子，身边没有妈妈护着，自个儿又不健全，我们再整治他是伤天害理，是造孽。可是我管不住自己，见了狸就打，见了狸就打，胡同里的孩子都这样，一个群体，总得有个被欺负的小菜碟儿。所谓"小菜碟儿"，是北京人饭桌上不值钱的、不上台面的小菜，通常是炒雪里蕻、小酱萝卜一类，谁的筷子头都能往碟里戳，没人在乎。这似乎是习惯，一帮孩子里得找一个"小菜碟儿"才算完整。

狸傻，但是他能准确叫出我们每一个人的名字，这也是我讨厌他的地方，特别是从他那张拢不严的嘴里喊出"王八丫丫"的时候，我总是遏制不住扇他大嘴巴子的冲动。我的小名叫丫丫，我爸常在丫丫前面冠以"王八"二字，我脾气倔而拧，像王八一样。据说王八一旦咬着东西绝不会轻易撒嘴，除非听到驴叫唤，跟我的性情有所接近，由此我就被划入了王八系列。胡同里的伙伴们也"王八丫丫""王八丫丫"地叫，谁都有小名，比起兔儿爷、小臭臭、二丫头、蝲蝲蛄，我这个"王八"还是挺有气势的。

别人可以叫，唯独狸不能叫，狸在我们当中是入不了群的另类。狸叫一回"王八丫丫"我揍他一回，叫一回我揍一回，他为这个不知挨了我多少打。我认为，从另类嘴里叫出的"王八"带有贬低的色彩，其实狸一点儿也没贬低的意思，他对我很崇敬。

狸是一种动物，城里见不着的动物，我们谁也不知道真正的狸是什么模样，我的三哥爱抽外国烟，外国烟的烟盒里装有画片，我们叫洋画儿，十张是一套，凑齐了一套可以去换一盒烟。我的爱好是攒洋画儿，不是为了换烟，是喜欢那些美丽的画面，手里头已经攒了好几套，有法兰西美人的，有欧罗巴洋楼的，有大洋洲花卉的，也有美利坚动物的。动物里头有张狸的图像，白肚尖嘴黑眼圈，毛色棕红像狐狸，比狐狸腿短，腰身肥胖，模样挺滑稽。我管三哥叫老三，随着我爸爸叫，老三很反感，向我妈告状，说我把他烟拆了。妈说，拆就拆了呗，反正你也得抽。

老三说，这只王八把一条烟都拆开啦，烟卷都成干柴火！

妈说，干了你就别抽，我烦你们哥儿几个抽烟。

老三说妈惯着我，说妈偏心眼儿，说妈不是他亲妈。妈当下脸一吊，说老三的话说多了。老三再不敢吭声。

妈的确不是老三的亲妈，老三的妈死了，我妈是他的继母。

我把画片拿给爸看，让他确认画上的动物是不是狸，爸说是狸，很珍贵的动物，山里才有。我问狸平时吃什么，爸说狸吃蚯蚓，吃小虫子，也吃果子，中国人习惯叫果子狸。我说老唐的傻儿子就是这个东西，叫元宝啊，叫大顺啊，叫什么不好，偏叫个吃虫子的狸，不知老唐怎么挑的。爸说，狸的母亲是日本人，狸是日本人崇尚的动物，叫"他奴ki"，日本人好多家门口都蹲着一只陶瓷的"他奴ki"，"他奴ki"是招财进宝的吉祥物，商家最看重，唐先生岳丈家是有钱人，管外孙叫狸没什么不正常。

狸的日语发音轻柔好听，有昵称的感觉，比我的"王八丫丫"可爱多了。我问爸日语"王八"叫什么，爸说叫"卡妹"，我说"卡妹"比"王八"好听，以后我改名"卡妹丫丫"了。爸

笑笑说，还真是。

妈也说这个名字改得好。

可是"卡妹丫丫"在我们家硬是叫不起来，好听归好听，没人认可。

我把狸的画片和信息传递给胡同的伙伴，于是大家知道了狸的来龙去脉，7号的兔儿爷和大芳端详着画片说，跟唐家的狸长得还真有点儿像，特别是那双眼睛。

狸是个记吃不记打的主儿，挨过打没两天又举着块萨其马出现在了门口台阶上。吧唧着嘴，流着哈喇子，一脸点心渣，模样丑陋。我正在胡同里看卖小金鱼儿的，卖金鱼的汉子挑着两个木盆，正拿着纱网子给赵老太太捞小鱼儿，鲜红的鱼儿在水里灵动无比，在网子下钻来绕去，就是捞不上老太太要的那条脑袋上顶黑斑的。我看得心急，学着我们家的猫黄黄儿朝盆里伸进手去，鱼儿们立刻惊恐四散，乱成了一锅粥。卖鱼的急了说，丫头，不带这样的啊！你们家大人哪？

挨了呲嗒有些无趣，远远看见狸出来，就溜达过去，轻声问，狸，吃什么哪？

我的态度和蔼又亲切，像是狸的好友。狸没看出我黄鼠狼给鸡拜年的假模假式，咬着萨其马说，……马……马，大马……

我问他，萨其马好吃吗？

狸笑眯眯地说，王八丫丫。

我蹲在狸对面，做出了扇他的准备。

狸见我对他好，高兴得大鼻涕泡儿都冒出来了，把那块萨其马更使劲地咬了一大块，仰着脑袋肆无忌惮地嚼着，吃相像我们家的狗——玛丽。我张开巴掌，正要朝那张幸福无比的扁脸拍过去，狸的爸爸老唐从街门里走出来，老唐见了我说，七格格跟狸玩哪!

胡同的街坊里，只有老唐叫我七格格，我们家在旗，女孩里我是老七，最小，属于垫窝儿的。妈四十多岁了才生我，说我是拉秧的瓜，没长熟，黄毛小眼，嘴碎手贱，是我们家女孩里最不成功的一个。没人叫我格格，也没人把我当格格，我也没认为自己是什么格格，我没那么娇贵。

老唐叫我七格格那是尊称，是看在我爸爸的份儿上才这么叫的，他管我爸爸叫四爷，有时候叫"先辈"，因为他们都在日本东京帝国大学念过书，都是国家派去的留学生，我爸爸是民国初年回来的，老唐是抗战全面爆发第二年回来的，差着二十年呢。

当着老唐的面，张开的手掌不好立即收回，我说，我正教狸数手指头认数呢!

随机应变，自然得体，我编瞎话的能力相当了得，我妈管我叫"瞎话篓子"，说我一天无数的话语中，能有两成是真的就很让人吃惊了。的确，我思维的想象力、延伸力、组织力、变通力是金家的佼佼者，有时候能把我爸爸那个大学教授哄得一愣一愣的，我说下午后院树上落过一只鹦鹉，雪白的，黄嘴，脚上还戴着金属链子。爸就以为真落过鹦鹉，说八成是南边傅家的那只大白飞过来了。其实呢，是只黑老鸹。老鸹和鹦鹉都是鸟类，我也没胡说，顶多认错了而已，至于黑的、白的，可以忽略不计，干吗那么较真儿？我编瞎话顺嘴而来，脱口而出，脸不变色心不跳，刚说过就忘了，一遍跟一遍不一样，但有时候让我多重复几遍就成了真的，赌咒发誓，煞有介事，地老天荒地再不会更改，甚至成了记忆。这也是为什么金家十几个孩子，只有我后来成了作家的原因。至今我坚信，感受力、创造力和表达力是作家的基本功力，尤其是创造力，缺了这个不行。

老唐看着我的巴掌说，狸认数，不用教，他能从一数到一百呢。

狸一听，马上点着脑袋，晃着身子，二三四五地数起来，拦也拦不住。

狸姓唐，住在3号。我们家住2号，形成直角，戏楼胡同在这儿窝成了一个长方形的大院，从2号到9号，都在方形的场子内，10号以后就甩出去了，这几个院门的街坊相对就走得近，彼此知根知底儿。老唐的媳妇长得白皙漂亮，梳着大包头，说话细声细语，不似小四儿的妈，一嗓子"小四儿回家吃饭了"，半条胡同都能听见；也不似兔儿爷他妈，一天到晚蓬头垢面的，穿着大裤衩子就敢坐在门墩上抡芭蕉扇。老唐媳妇属于老派人，她嫁给老唐就随着老唐姓，像小四儿的奶奶，官面上称呼是"赵门刘氏"，其实人家娘家姓刘，嫁给了姓赵的；高家老太太是"高门隋氏"，都把夫家的姓顶在头里。老唐的媳妇姓吉田，不叫"唐门吉田氏"而是叫唐和子，她虽然姓吉田，但本人叫和子，户籍簿上记录的是"唐和子"，我们都管她叫"糖盒子"。兔儿爷遗憾地说，可惜老唐姓唐，他要是像日本人一样姓两个字儿，比如"王八"，那么糖盒子就是"王八盒子"了，听着更像日本人。

小四儿说他爷爷早先在河北乡下见过"王八盒子"，半自动手枪，日本人造的，大而扁，汉奸用得比较多。兔儿爷说，要是抗日的人使用就得拴上一条红绸子。枪是同一种枪，有了绸子就不可同日而语了。

小四儿说他比较看好"鸡腿撸子"，撸子个小，也是日本造的，能别在腰里，威风有派，不像"王八盒子"，斜挎在屁股后头，一看就是碎催模样。"碎催"是北京话，跟班的意思，小四儿说兔儿爷就是他的碎催。

男孩们都喜欢枪，于是有关"王八盒子"的讨论延续了一个上午，我们研讨的话题随意性很大，谁也无法控制。

老唐是天津人，在留学期间娶了日本媳妇吉田和子，听说糖盒子她爹是制糖业的大老板。按吉田家的意愿是让老唐入赘，老唐说，如果唐家有哥儿两个，他入赘可以，可是他们唐家只有他一个，他是独子，这个问题就不能考虑了。婚后的糖盒子跟丈夫回到中国，难改日本生活习惯，把3号的房子做了大改造，屋内地面被抬得很高，进屋先上一层台阶，地面铺了草席一样的榻榻米，给人的感觉是进门就脱鞋上炕。窗户又开得很低，坐在地上能看见院里跑的猫，屋里的隔断是推拉的，糊着纸，没有床，晚上一家人睡觉就躺在榻榻米上，依我的想象，睡醒了一睁眼，满目是桌子、椅子腿儿，视觉角度变成了耗子，真够别扭的。因为房子多，他们一家住不过来，就租出去一部分，也都是租给日本人，那时候北平正让日本人占领着。3号门口常停着东洋车，下来些宽袍大袖、留着小黑胡子的日本人，日本人管3号叫"扶桑馆"，中国街坊当面也称"扶桑馆"，背后却叫"鬼子馆"，就跟胡同东边的南馆、北馆似的。南北馆是俄国东正教的地盘，住的都是金发碧眼的老毛子，建筑是尖顶子，圆拱门长条窗户，很是各色。我认为洋人待的地方一般称作"馆"，把这个观点和爸作为学术问题探讨，爸说不一定，中国叫馆的地方也很多，比如朝廷的同文馆、颐和园的听鹂馆、府右街的图书馆、他们大学的资料馆，都和洋人没关系，我的论题不能成立。我说，北京的洋人不少，赵大爷说过，东交民巷一带，洋人多，馆也多，老百姓不待见洋人，把东交民巷改叫"切洋鸡巴巷"。

妈在旁边插嘴，这可不是姑娘家说的话啊！

我说，不是我说的，是赵大爷说的。

妈说，赵大爷说的你也不能学。

我问为什么，妈说什么也不为。

3号叫作扶桑馆还有一个原因，唐家正屋墙上挂着个镜框，白纸黑字，写着"扶桑馆"三个字，字写得不怎么样，没有格局，比较率性，有些信马由缰。这块匾——我姑且把它叫匾吧，"文革"的时候还在唐家高高地挂着，没有被触动。爸说唐家那块"扶桑馆"是个大人物写的，原本是写给老唐的老丈人的，糖盒子来中国，就把它带来了，作为家乡的一个念想。我问大人物有多大，比地下管道局的局长还大吗？我没见过大官，见过最大的官就是管北京下水道的局长。局长派头很大，戴着白手套，把汽车停在马路的窨井口，让手下把井盖掀开，让那些人拿着长竹片往里探。大热天，那些小碎催整得满头大汗，烂脏腥臭，局长则让人打着黑阳伞很悠闲地坐在旁边喝茶。可见局长是大人物，当官当成这样那才是值！

爸最终也没告诉我"扶桑馆"是谁写的，他有点儿讳莫如深。

听妈说，以前糖盒子出门，常穿和服，花枝招展，五光十色，发髻挽得很高，脸擦得很白，穿着木屐，滴滴答答，像一只大花蛾子，吸引着胡同集体的眼球，连正在院里打袼褙的赵奶奶也扎着一手糨子跑出来观看。有好事的街坊问糖盒子后背上背的小包袱里头装的什么，糖盒子听不懂，弯着腰叽里咕噜说了一通日本话，这边自然也听不明白。有"内行"翻译说，小包袱里装的是她们祖上的骨灰，把祖先背在脊梁后头，走哪儿都带着，省得买坟地了。后来经老唐解释才知道，就是一个宽带子，在后腰上绕了两道弯罢了。中国人还是不能理解，穿成这样，累赘不累赘啊！

日本一投降，除了唐家以外，扶桑馆的日本人全撤了，他们走得很匆忙,许多手使的东西堆在街门口,上面写着"自由持取"的白条子。"自由持取"是日本话,用咱们的话说就是"随便拿"。整条胡同的人都来"捡洋落儿",小四儿家捡了一摞写着"有田烧"的大盘子,"有田烧"是日本有名的瓷窑,就跟中国的景德镇似的,几十年来,那些华丽的瓷器在小四儿家一直充任着盛炒萝卜条、炒疙瘩丝和凉拌黄瓜的功能,尽职尽责。兔儿爷他妈发现"自由持取"最早,推走了一辆自行车,这辆车兔儿爷他爸爸从东城国子监到西城白石桥,上下班都骑它,每天几十公里,风雨无阻,一直骑到新中国成立以后,要不是轮胎配不上,还能骑呢。大芳他们家"持取"了两把理发的推子,嚓嚓嚓,推起头发很快,不夹头发,以至大芳的哥哥由踩着平板小车捡烂纸改行做了理发匠。两把推子改变了一个少年的命运,这样的事儿还真不少。给我们家做饭的老王捡了一个大号带沿的铁锅,生铁的,挺沉,挺深,他到底也没弄明白怎么用这个锅做饭,后来卖给了背着柳条筐沿街收破烂的孙婆子,换了两包洋取灯。洋取灯就是火柴,一包十二盒,相对铁锅来说还比较实用。高老太太是小脚,来得晚,挑了半天,抱回去一个小和尚石雕,原本是个摆设,老太太拿回去没用,放炕上拴孙子,拿根裤腰带,一头系在孙子腰里,一头套在日本和尚脖子上,裤腰带范围之内,是孩子的活动天地,高家几个孩子,都是日本和尚看大的……

二

街坊们这样收获抗战胜利品的时候我和小四儿等人大部分还在娘的肚子里，所以我们没有机会看到漂亮的穿和服的糖盒子和那些白捡白拿的欢乐场面。我记事的时候已经到了新中国成立了。

五十年代初期的糖盒子穿着厚厚的棉袄棉裤，头上包着格子围巾，走路低着脑袋，背上背着狸的小妹妹——一个细眉细眼、动辄便咧嘴哭的小丫头片子。我估计，这小东西长大了也注定是个挨揍的货色，不会有多大出息。我很想看看穿和服的糖盒子，但是她一回也没穿过，可不，日本投降好几年了，哪个日本侨民还敢在北京地面上张扬，他们收敛得比小菜碟儿还小菜碟儿。

原先在崇文门外古玩店上班的老唐两年前改为走街串巷、专门收购旧货的"打小鼓儿的"。这个职业在民国和新中国成立初期很普遍，小鼓儿茶盅盖大小，扁扁的，鲨鱼皮蒙面，攥在左手，右手用一根细竹棍，棍头裹着胶皮，梆梆地敲击，鼓声响亮清脆，在幽深的胡同里能传得很远。人们在家里一听到鼓声就知道收古玩旧货的老唐来了。老唐可以直接进到卖主的家里，在卖主的桌上、炕上审看物品。有时候老唐不等人招呼也进屋，脸上堆着笑，亲切地说，老没见了，怪想您的，这些日子您一准找着了不少好东西，让我开开眼。

如果主家正想用钱，就会装作很不经意，顺水推舟地从腕子上撸下镯子，让老唐估成色、论价钱。

还有级别稍次，属于收废品的，敲的是软鼓，嘭嘭嘭，嘭嘭嘭，三下，用特有的沉闷短促嗓音吆喝："有旧衣裳、旧家具——我买！有旧书本、洋瓶子——我买！"这类人可以进入主家院落，但是绝不能登堂入室，卖家买家都恪守着这个规矩。最次一等是收破烂的，多是上了年纪的妇女，她们来自城郊，早出晚归，跟城里、跟乡村有着千丝万缕的联系。白天，以上午居多，背着大筐沿街叫唤："有破烂儿——我买！"声音拉得很长，像唱歌。婆子们收购的多是破衣裳烂袜子，她们身后的大筐里有洋火，也有鸡蛋、绿豆什么的乡下土产，若是要现钱，她们给出个两毛、三毛顶天了，通常是以物换物。有一回，我妈用老三穿剩的一件拾掇不起来的线衣以及乱七八糟的东西，跟孙婆子给我换了一双农村男孩的洒鞋。鞋当然是新鞋，方口蓝布面，鞋头包着黑土布，用针线密密地缉着，硬邦邦的不跟脚。我说，妈，鞋大着呢，大半个拳头。

妈说，穿穿就不大了，你的脚还长呢。

我说，鞋帮子太硬，硌脚。

妈说，你看人家这针脚缉得多齐整，多细密，乡下人实诚，这双鞋比老三的皮鞋还结实，穿个三五年没问题！

从妈嘴里我知道了"缉"这个词儿，从这双大洒鞋上我了解了"缉"的作用，就是一针顶着一针缝，硬把布片缝成铁皮。我穿着这双用烂线衣换来的新鞋，只半个时辰，后脚跟就磨破了，跳皮筋，一抬腿，鞋就上了房顶。妈让老三把鞋钩下来，给鞋缝了根带子，这双能踢死驴的鞋从此跟定了我，再也无法摆脱。我恨死了收破烂的孙婆子，有时候学孙婆子吆喝"有破烂儿——我买"，学得惟妙惟肖，可以乱真。妈拍着我的屁股说，学什么不好，将来你还真要当收破烂的!

想想看吧，一个城里的小丫丫穿着一双农村野小子的大洒鞋在胡同里走来走去，自信心受到了何等挫折，不敢对妈表示不满，但是只要一看见孙婆子，我就让小四儿们用崩弓子崩她，把老婆子整得想骂也找不着人，后来干脆不到这条胡同来了。不来就不来。谁稀罕!

胡同的孩子没有上幼儿园一说，用现在的话说是：放野羊一样地散养着，家家都好几个孩子，大的带小的，不宠不惯，我们成长得都很自觉，也很自由。一帮孩子，拽包、跳间、弹球、拍洋画，没有滑梯，没有跷跷板，当然也没有秋千和沙坑，我们只能在胡同大院里玩，跟门口的大槐树较劲，自己跟自己作，欺负杂种狸就成了我们的主要乐趣。

狸会唱歌，他有音乐天赋，唱得很动听，他唱得最好的是《麻雀教算术》："七八、七八、七八八，小麻雀要当先生啦，一个一个数过来，七八八，七八八……"歌是他妈教的，用日语演唱。我们听不懂，只能明白"七八八"，一听到"七八八"就过去揍他。

打小鼓儿的老唐生意不错。新中国提倡"劳动光荣"，但是一些过去的显贵放不下架儿，宅门的哥儿也不想出门挣钱，便典当家私，维持着场面，碍于脸皮和身份，这些人不便经常出入寄卖商店（新中国成立后典当行业改成寄卖商店），走街串巷的老唐就成了受他们欢迎的人物。家里有什么古玩玉器、书画法帖、细软皮货的，都喜欢卖给老唐。老唐出身古玩铺，懂行，不会走眼，给价也公道，又住在附近，做买卖不会太离谱。

打小鼓儿的虽然也属收旧行业，但是视野宽阔，精于鉴定，跟三六九等的人都能搭得上话。打小鼓儿的老唐穿着长衫，腋下夹着包袱皮，细高的身材，儒雅模样，很是招人待见。老唐收旧物的包袱皮来自日本，绿地白萱草的图案，颜色鲜亮，跟老唐的灰大褂相搭，很是和谐，这怕也是老唐区别于其他打小鼓儿的之处。老唐衣着齐整，戴着呢子礼帽，脚上是锃亮的皮鞋，不像是收旧货的，倒像是学校教书的先生。老唐收旧货有自己的区域，南至东四头条，北至北小街炮局，三天串一个来回，不胡走，不过界，摸着老唐的规律就能逮着他的行踪。旧官宦府邸，殷实宅门是老唐的重点对象，有时候不为收东西，就为进去串串门，聊聊天，联络一下感情，很多意想不到的好东西就是在他联络之中到手的。

他到我们家来，多是在爸下了班、吃完晚饭以后，那时候的爸闲适而轻松，心情一般也很好，想找件什么事儿解解闷儿，这时候老唐来了。老唐进门先打千儿问候，礼数十分周到，像个世家子弟，谦恭得像是后辈对学长的仰慕和尊敬，让爸的心里十分舒坦。爸说，看唐先生这么高兴，一定是发了财了。老唐说，发多大的财在四爷眼里也是个小手指头，四爷祖上进出紫禁城，什么好东西家里没有，什么宝贝没见过啊。

爸让老唐坐，老唐偏着半个屁股坐在茶几旁边的椅子上，不往八仙桌旁边的太师椅上坐，老唐是个挺懂规矩的人。

胡同的街坊包括我在内，大家都是老唐、老唐地叫，一个沿街打小鼓儿的，值不得另眼相看。但是只有我爸，嘴里一直叫他"唐先生"，当面是唐先生，背后还是唐先生，从来没改过口。爸问老唐最近生意如何，老唐说，干这行不容易，前几年在砖塔胡同有个打鼓儿的被歹人抢了，刚收的吴昌硕四条屏血本无归。现在是没人抢了，但是人们把好东西都抬（藏）起来了，不愿露富。现今这是普遍心态。

爸说，你们这行，三年不开张，开张吃三年，逮着真货就大赚了。

老唐说，四爷说得没错，比起四爷旱涝保收的教员生涯，我这儿还是担着风险。宅门里都是熟人，只能实打实地做买卖，不敢亏人。

妈要去沏茶，老唐从大褂摸出一个小包来，让妈沏他带来的，说是日本静冈煎茶，这茶四爷可能有日子没尝了。

煎茶沏上来，黄绿颜色，满屋飘香，浓厚的茶味儿之外夹杂着海藻的青气。妈尝了一口，说味道太怪，绿得也不正经。

爸说，这就是玉露了，日本第一茶。

妈说，煎茶怎是这股青涩味儿？爸说，是日本茶特有的味道，他们的茶叶和海带、干鱼在一块儿卖。

妈摇摇头，不能理解。我也不能想象吴裕泰茶庄带卖海带、黄花鱼的荒唐。

爸和老唐喝着煎茶，脸上显出相知极深的表情和以心传心的会意，他们说了许多东京帝大的旧事，说到了帝大校园里的那棵巨大桧树和对门卖串烧的小铺，到最后竟然换了频道，说开了日语，玛斯、玛斯的，让人听着怪诞又好笑。我后来才知道，那些"玛斯"是敬语，爸和老唐两人彼此都敬着呢。

妈说，都是煎茶闹的！

老唐来也不是光喝茶，在适当的时候他打开包袱皮，亮出里边的两本磨了边的旧书对爸说是日本永井荷风的《江户艺术论》，想必其中的"浮世绘之鉴赏"对教美术的爸有用。爸大概是不便拂逆老唐的美意，人家从收购的旧书里翻出这个特意给你送来，足见心里还想着你，朋友能做到这个份儿上也就够可以了，还能怎么着呢？爸的几个儿子倒是亲生，可谁也没想起给爸淘换一本什么荷风、江户来。

爸给了老唐六块钱,直说书的珍贵和难得,老唐推让了一下把钱收了。老唐走后,妈说,这么两本发黄的书,六块!够半个月的嚼谷了。这样的书,收报纸洋瓶子的论斤约,二分钱一斤。

爸说,心意是不能用钱称的。

话是这么说,那本"江户"被爸撂在书柜顶上,到死也没动过。

我认为,这是老唐做生意的精明之处。

有一天,老唐领着糖盒子上我们家来了,糖盒子破例穿了和服,还擦了薄薄的粉。藏蓝的带小碎花的衣服,散发着樟木箱子的味道。拦腰的铁锈红衣带朴素典雅,配以白布棉袜和木屐,有点儿不食人间烟火的遥远。我追着糖盒子看,很没规矩地跟着他们走进堂屋,站在爸的身后,不顾妈的几次暗示,不想离开。我想看看他们要干什么,如此郑重其事。

糖盒子将一个紫包袱交给妈,说是中元节到了,做了些点心让妈尝尝。依着北京人的习俗,客人送了礼,主家客套一番后会放在一边,表现出不是那么"迫不及待的小家子气",免得让人看着好像没见过什么似的。妈接过包袱,顺手就要往茶几上放,爸接过来说,咱们得看看都是些什么好东西,唐家"欧枯桑"(夫人)的手艺应该是不错的。

爸当着老唐和他媳妇的面,把包袱皮打开,是一个精致的木头盒子,打开盒盖,里面蒙着一层柔软的绵纸,掀开绵纸看见盒子里站着五个樱花形状的点心,黄蕊粉瓣,娇嫩无比,爸称赞道,真精致!

爸拿了一个,递到我手里,我高兴极了,张嘴要咬,妈说,先别往嘴里填,看够了再吃!

我只好把那"樱花"在手里托着。

日本人每年中元和岁暮要给至亲好友送节礼,这些年跟唐家街里街坊地住着,也没见糖盒子做什么"樱花"送过来,这回不知是怎么了,竟然正式隆重地送礼来了。爸是照着日本人习惯,凡是送礼,必得立即开包,当着人面大赞特赞一番,表现出惊喜和稀罕,让送礼者心情舒畅,得到极大满足。

我托着点心出了房门,小狗玛丽立即扑上来,摇着尾巴示好,黄猫也在屋瓦上探着身子喵喵叫唤。我把手举得高高的,玛丽蹦了好几回没够着,我跑进自己屋里,用脚钩上门,一口把"樱花"塞进嘴里。原来就是糖,除了甜,什么味道也没有,能把人甜齁死。

糖盒子的娘家不愧是做糖的。

我后来知道,那天糖盒子是来告别的,她要回到日本去了,那边有她年迈的父母,她是独女,要回去尽孝。女儿她带走,儿子给老唐留下。她来,是拜托我父母多关照老唐,说新中国成立了,将来两国之间来来往往会很方便的。

糖盒子是在一个早晨走的,时间很早,太阳还没照到西屋的屋脊,喇叭花还闭着嘴没有张开。糖盒子走的时候我的父母特意早起,到门口去送。大院的街坊们都还没开街门,胡同里静悄悄地泛着一股凉意。分手的时候,爸没有说"撒约那拉","撒约那拉"我懂,是再见的意思,爸对糖盒子说的是"依待依拉下依",这是日本人对出门亲人的叮咛,是"等着您回来"的意思。糖盒子不停地鞠躬,泪流满面。

糖盒子用布带兜着小丫头片子,拴在胸前,臂弯挎着包袱走出了大院。老唐提着皮箱子跟在后面,狸大概知道妈妈要走了,紧紧抓着糖盒子的衣襟,一步不落地跟着妈小跑。

老唐要把媳妇送到天津，在塘沽送上到日本横滨的轮船，再自己带着狸回来。

我说，糖盒子到底是走了，这个日本鬼子。我还想说"非我族类必有异心"这样很有水平的话，这句话是从赵大爷那儿才趸来的，想了想，终是没说，在爸跟前说这样文绉绉的话是班门弄斧，费力不讨好。跟妈说可以，能吓唬她，跟爸不行。

爸拍拍我的脑袋说，唐和子的父亲是日本有名的人物，吉田先生在横滨为中国捐了不少钱，支持辛亥革命。唐先生抗战一爆发就毅然回了中国，不与侵略者共处，是好人哪。

我说，您不是也回来了么。

爸说，我怎能跟唐先生比，我回来是孙中山革了皇上的命，朝廷倒了，旗人的俸禄没了，我不回来一家大小吃什么。充其量我是为了一个家，人家唐先生是反对日本侵略中国，民族的气节在。1938年坐"皇后"号轮船回了中国，当时那条船上还有郭沫若，一大船的中国留学生都回来了。唐先生带着老婆孩子，把自个儿从日本连根拔了，相当不错的人哪！

我抬头再看，唐家人的身影已经消失在胡同拐弯处。

看不见了。

三

  我在家里被认为是个不让人省心的孩子,最大毛病是"不听话",让我往东偏往西,让我打狗偏抓鸡。我比较固执,有个儿的主意,总认为谁的认识也不如我到位,包括我的父母,比如爸让我画素描,我就想,凭什么听你的?齐白石他爸没让他画素描,人家照样是大画家;妈说只要功夫深,铁杵磨成针,我说铁杵永远磨不成针,上铺子里去买针,一分钱十根,省多少工夫!语文课上,老师教古文《愚公移山》:"太行王屋二山,方七百里,高万仞,本在冀州之南,河阳之北。北山愚公者,年且九十……"老师提问,让我回答该文的中心思想。我说,愚公,傻老头,跟教室后头坐着的傻狸一样,傻老头九十了,要挖山,不但自己挖,还要把孩子们都搭进去挖,子子孙孙无穷尽也!以至他的后代不能干别的,只能每天挖山不止,冤不冤哪!要是我,我不干,我这一辈子要干的事情还多着哪。至于山挡路,你搬家呀,大山千百万年就坐落在那儿了,凭什么挖人家,得有个先来后到吧,傻老头从山北搬到山南不就结了?

  老师说,你坐下吧。2分。

  狸坐在最后的角落里,听了我的回答使劲鼓掌。他绝听不懂"搬家"的话,只要我站起答问题,他就高兴,就支持。老师让狸注意课堂纪律,说课堂上不允许有这样的举动,就是旁听生也不允许。老师让苏惠回答，苏惠小嘴叭叭的，响亮地说，愚公移山是一种比喻，它教给了我们一种锲而不舍、齐心合力的精神，我们要发扬这种精神，团结起来，干大事情。

老师说，请坐。5分。

我回答错了吗？我认为没有，现实和精神是两码事，精神不能当饭吃，我最反感那些看不见、摸不着的话语，这怕也是我成不了理论家，只能当个写小说的的缘故。

心里这个委屈啊，无缘无故又给我妈挣了个不及格，亏不亏啊我。我对学习越发反感！

这样虚幻的话语狸当然也不明白，他不知道什么是"精神"，也不理解"锲而不舍"是个怎样的物件。狸作为旁听，是他爸爸跟学校反复交涉的结果，学校请示了上方，说只要不影响学生上课，可以来试试看。狸把上学看得很认真，书本文具一样不少，铁铅笔盒上有"木兰从军"的图案，铅笔削得又细又尖，课本折了一个角也要认真捋平；旁听了两年，只是一本注音字母的语文和1+1=2的算术，从头到尾只认了几个字"火车、飞机、轮船"。

我想，那个时候我可能进入了叛逆阶段。谁在成长过程中都有过叛逆期，这个时期的孩子最难管教，时刻跟任何人呈对着干的态势。每天玩得花样翻新，跟着一帮高年级的男生到安定门外鬼子坟挖墓。鬼子坟是俄国教会的墓地，坟上都有石雕，我们看哪个雕刻漂亮挖哪个；碰翻了学校门口小贩的凉粉车子，醋蒜芝麻酱洒了一地，香气扑鼻，卖凉粉的抓着我脖领子找到家来要求赔钱，小贩走了我挨了一顿打，我不服，强调那辆车是独轮的，谁碰上都得翻车；不爱上珠算课，我把珠算老师骗回家去而让全班放假；体育课上我把铅球推进了厕所茅坑，屎尿溅得上了房顶；把庆祝"六一"儿童节黑板报上所有的少年儿童都添上了胡子和眼镜……离经叛道，全盘恶搞，以致我上学我妈在家心里打鼓，不知在外头又搞出什么"精彩内容"，诸如屎尿上房之类。在家里我和七哥互不理睬，老七大我二十三，画画儿的，本不是一个档次的人，却天天要在一个饭桌上吃饭，他嫌我说话不靠谱，嗔着我动他的作品（送人了），他说他画一幅工笔"鹩哥"得一个月，还没落款，眨眼就没了！在爸跟前他点着我的鼻子说，真不知她的这些邪恶想法是从哪里来的！

我说，天生的哪！天生的就是天才。

老七狠狠瞪了我一眼，再不说话。

爸只是笑。

五年级以后，我最大的爱好是看电影，看苏联的，这场看完买下场的票，同一部电影一天看两场，为的是记住那拗口的人名和经典的台词。为看电影要时常逃学，这些都瞒着家里，也瞒着学校，跟老师请假，不是说我姥姥眼睛看不见了就是说我奶奶摔了，其实二位老者几十年前就入土了，埋在哪儿我都不知道。在老师眼里，我们家的老人特别多，事儿也特别多。老师也不去追究，他懒得理我。

看电影能上瘾，就像现在的网络，成为许多孩子的钟爱，成为许多家长的胆战心惊。几十年后，我半夜提拉着我儿子的耳朵把他从网吧里揪出来的情景，大概和我母亲当年在东四蟾宫电影院门口花几个小时堵截我有异曲同工之妙。

一个人看电影没劲，必须有伴，以便观后研讨，这个伴儿通常是小四儿和大芳，小四儿属于胡同里的问题少年，爹妈管教疏松，思想活跃，跟我一样，天马行空，想到哪儿就说到哪儿，比电影编剧还能编。比如他说，苏联电影《白痴》里漂亮的女主角娜斯塔爱上了梅斯金公爵却又不跟他结婚，把别人娶她的一捆捆钞票都扔进了火炉里，这是败笔，嫁给想嫁又有钱的公爵是多么好的事儿，好好过日子，夫妻恩爱，生一大堆孩子，煮一大锅片儿汤，电灯底下热热乎乎地围在一块吃多幸福，偏偏那么矫情，烧钱玩！我说把钱烧了才有看头，让人的心揪着，这正是电影好看的地方。大芳说要是她，她也不烧钱，把钱烧了，傻×呀！

由电影我找到了小说，陀思妥耶夫斯基写的《白痴》，比电影更好看。《第十二夜》《攻克柏林》《上尉的女儿》等等，都是那个时候看的，里面的对话，至今记忆犹新，没有忘却。大芳也爱看电影，但是她喜欢国产的，比如《铁道游击队》《沙漠追匪记》《羊城暗哨》《桃花扇》等等，大芳学习极差，脑筋不往书本里头走，光记些电影里的才子佳人，谁谁谁长得好看，谁谁谁穿的衣裳式样不错，等等。大芳最喜欢的演员是冯喆，逢有冯喆的片子看十遍也不过瘾。为了骗她陪我看电影，有时候谎称苏联电影《白夜》里也有冯喆出镜，看过以后她大呼上当。大芳毫不害臊地说，嫁人就要嫁给冯喆这样的美男，清秀舒朗，中国几百年也出不来一个。

小四儿说，照镜子看看你那夜叉模样吧，还嫁冯喆呢，冯喆听了这话得吓得翻俩跟头！

我很自觉往后缩了缩，我知道，我的长相比大芳还差了一截子。

看电影需要钱，学生场只有周日早场才有，我们等不到周日，而平时没有学生票，电影院的成人票价对我们来说不便宜。更何况我还有小四儿和大芳的负担，他们俩的经济条件很难跟着我这么一场一场地看。小四儿的爸是北京机械厂的工人，大芳的爸是万牲园打扫卫生的。万牲园是老早的叫法，我们上学的时候已经改名动物园，但是大芳她爸还是依着老话儿叫万牲园。

苏惠和兔儿爷基本不参与我们的活动，他们是"三好学生"，逃课看电影对他们来说是大逆不道，但是他们很忠实地为我们保着密，苏惠甚至还为我代做作业，她仿我的字仿得很像。坏学生、好学生拧麻花一样地拧在一起，这就是我们这些"半大猫"的高小生活。

说小四儿是问题少年应该是没错，与其说他问题多不如说他主意多。他每次让我买两张票，我和大芳先进去；然后让大芳拿着两张票出来，他和大芳进去；他再拿着两张票出来，在电影院门口卖掉一张，这样我们仨只买一张就行了。他们俩看哪儿有空位往哪儿坐，让人轰起来再换个地方，电影院全满座的时候不多。

时间长了就显得钱紧，妈给的零花钱有限，不够看两场的，从别处弄不来钱，胡同的孩子都在家吃早点，想从嘴里抠更没门。我们常常处于焦虑状态，为了那些好看的电影。东四电影院在上映苏联彩色舞蹈片《冰上芭蕾》，我们都想看，并非对舞蹈有什么兴趣，主要是听小四儿说芭蕾舞是不穿裤子，光腿光胳膊的舞蹈，大腿一撩连小裤衩都能看到，至于男的，索性连裤衩也不穿……

这样难得的电影能不看吗？一定得看！

我和小四儿、大芳坐在门槛上，为《冰上芭蕾》而纠结。

大芳说，冯喆也在里面跳吗？

小四儿说，那是当然。

大芳遗憾地看着我说，可惜咱们没钱了。

小四儿低声问我，你真的没钱了？

我说，真没了，这个月咱们已经看了九场，我跟老七那个大抠门儿要过两回钱，跟老三也要过，不能再张嘴了，我妈对我频频要钱开始警惕了。

我们三个蹲在槐树底下很无奈，这棵树前几天被政府用栏杆圈起来了，还钉上了牌子，说是北京名贵树木，我们也不知它名贵在哪儿，每天爬上爬下好几回，它就是比别的树粗点大点罢了。一大拨老鸹从头顶飞过去，能听见翅膀沙沙扇动的声音，它们从野外找食吃回城了。小四儿抬头看了一会儿老鸹，用脚使劲踹了一下栏杆说，操！

狸在他们家台阶上坐着，一遍一遍地唱着"七八、七八、七八八……"单调而凄凉。

西天的晚霞已经落尽，路灯亮起来了，老唐回到大院。老唐大概是累了，动作有些缓慢，灰大褂换了蓝布制服，日本包袱皮还在腋下夹着，鲨鱼皮的小鼓儿依旧在使用。大芳不错眼珠地看着老唐，说，才发现老唐长得像冯喆。

小四儿说，冯喆才不会打小鼓儿；冯喆要是打小鼓儿，咱们这条胡同的老娘们儿包括你在内都得疯了，连晚上盖的被卧都得拿出来卖了。

坐在台阶上的狸看见他爹回来，三步两步跑过来，仰着那张扁脸看着老唐，伸手在老唐兜里掏。老唐弯下身摸儿子的脸，发现儿子哭过。其实这时候我们已经不打狸了，我们已经长得人高马大，高小马上毕业了，可狸还是那么小，依旧是坊家胡同小学四年级旁听生。狸不长个儿也不长心眼儿，还是七八岁的样子，谁还好意思欺负一个残疾儿童呢！

看着疲惫的老唐和他儿子，我想起了电影《白夜》涅瓦河边凛冽的风和孤独的女孩纳斯金卡，夜幕下无休止的充满希望的等待……是啊，糖盒子一去不复返，连信也没有，她把老唐爷儿俩彻底扔了，自己当资本家小姐去了，我们都替老唐不平，替没妈的狸难过。秋天的时候，妈建议老唐再娶一个，说苏惠的妈就很合适，长期单身一人，身边一个懂事的苏惠。她本人脾气好、心肠好、模样好、人缘好，跟老唐很般配。我们也都盼着苏惠妈嫁给老唐，这样扶桑馆的唐家就有了做饭的，狸也不至于每天坐在台阶上啃萨其马等他爸爸。可是老唐没答应，他说狸的母亲还在，他不能停妻再娶，他娶和子，两人是在神社里宣过誓，跟神打过招呼的，不能轻易反悔。爸嫌妈多事，说唐先生留学东洋，是帝国大学毕业，哪能看得上给街道工厂锁扣眼的苏惠妈。妈说，他再帝国毕业也得过日子不是！

狸抓着他爸爸的手，一蹿一跳很高兴地往家走。老唐边走边问狸晚上想吃什么，狸说，吃馎饦！

我们仨面面相觑，谁也不知道馎饦是什么东西，那大概是日本饭。

看着老唐的背影，小四儿说他有办法了，说我们可以找些东西跟老唐换钱，打小鼓儿的老唐手里应该有钱。大芳说这主意不错，她小时候的一条裙子可以跟老唐换，反正也是小了，还有她们家的笊篱，铜的，应该也值不少钱！小四儿说大芳，你以为老唐是收破烂的孙婆子吗？我看，我奶奶的烟袋锅子成，那个嘴儿是翡翠的。

大芳说，你奶奶要抽烟怎么办哪？

小四儿说，让她满世界找去呗，老太太记性差，见天儿找东西，每天就在找东西中过日子。

我让他们都别张罗了，这件事交给我来办。大芳说，得快啊，要不然《冰上芭蕾》就演过去了。

我说，那是当然。

回家让妈也给我做馎饦，妈不知馎饦是什么饭，爸说，给丫儿做锅炝锅片汤！

敢情馎饦就是日本片汤，爸说，日本山梨县的美食。

四

老三娶妻搬出另过,爸去上班,老七钻在后院自己的屋里画画,妈在忙她自己的事情,偌大的四合院进进出出只有我一个人。白天,在这个家里我想干什么就能干什么。

我堂而皇之地进了爸的书房,还记得老唐卖给爸两本"江户"之类的破书,卷边少页的要了六块钱,我爸爸的书卖给他,也应该给不少。书房里的书浩如烟海,神不知鬼不觉地抽一本,沧海一粟,谁要知道才怪!黄猫蹲在南窗台上盯着我使劲看,我才觉得这只猫是这么诡异讨厌,朝它一跺脚,滚!

黄猫喵了一声,伸了个懒腰,掉了屁股又卧下了,窗台上的太阳正好。

我蹲下来,在书架底层右首最后边掏出一本沾满灰尘的旧书,想必这是爸不常用的。爸的书太多了,书架的内里横着躺一排书,外面再竖着站立一排,里边横着的多是极少翻动的,抽出一本不显山不露水,爸发现不了,妈更发现不了。

手里的旧书已发黄,线装,软塌塌的,几乎要散架的模样。书皮上有《二如亭》几个字,翻了几页,根本看不懂,也没有图画,不敢再翻,怕书碎了,这样的书籍卖出去最好,就像老三那件破线衣似的,不值得留恋。把书揣进怀里,掀开竹帘走出北屋,看见妈正在廊下拿着我使剩下的铅笔头,一笔一画地描扫盲课本上的字。妈是个大文盲，没上过一天学，街道上成立了扫盲班，妈参加了，每天晚上去学俩钟头，比我认真。妈见了我说，你怎么这么早就放学了？我还以为你在学校呢。

我说，老师请假了。

妈问老师为什么请假，我说病了呗。妈说，老师病了可你们没病啊。

我说，可也是呢，学校让我们回家自己看书。

妈哦了一声，再没多想。

都是瞎话。

溜进扶桑馆，老唐还没有出门，他的傻儿子狸今天发烧，正在榻榻米上躺着，见我进来，狸高兴得手脚乱动，像只底儿朝天的大蟑螂。狸的头顶上就挂着那块《扶桑馆》的匾，认真看了半天，真看不出那字有什么好，我在大字课上写的毛笔字回回能得好几个红圈，有时候还被贴到教室后头展览，那些课堂练习，哪张都比这个写得好。

唐家的火炉上坐着砂锅，里面沸腾着满满一锅中药，不知是老唐自己喝的还是给狸喝的。屋里东西有些凌乱，狸的袜子扔在窗台上，枕边散落着啃得乱七八糟的米花球，锅里残留着一些面目不清的东西，大概就是日本山梨有名的馎饦了。给人的感觉是这个家缺少女人的操持，缺少母亲的细腻。由此更感到了糖盒子的可恶，把男人和孩子扔在中国，自己跑了，一个极不负责任的妈妈！

老唐光着脚站在榻榻米上，对我的造访感到突兀。我从怀里掏出那本《二如亭》，问老唐收不收这个，老唐把书轻轻翻了翻说，……这应该是一套。

我后悔没有再仔细翻找，便顺口说，我们家就这一本，是我

妈夹绣花线的。书烂了,嫌搁线笸箩里碍事。

我的瞎话来路之快,连我自己也吃惊。

老唐一边翻书一边说,……是吗?

我说,嗯哪。

老唐把书撂在桌上,撂在那锅宝贝儿馎饦旁边,问我,卖书四爷知道?

我坦白说,我爸不知道,这样的破书他有的是,不在乎。

老唐点了点头,哦了一声。停了一会儿问我,你要卖多少?

我说,你看着给,多少是个意思就行,我估摸着卖给收破烂的孙婆子,她连一盒洋火也不会换给我,所以我来找你。

老唐笑笑说,你算计着我给的比一盒洋火多?

我说,你有文化,懂书,自然不会亏了我。

老唐说,四爷才懂书,他在日本专门学的是古典文化学科,搞的是版本学。我是外行……

在老唐的思索间隙,我觉得得对狸说点儿什么,来点儿缓冲。我问狸想不想妈妈,狸手脚停止了舞动,指着墙上的"扶桑馆"说,妈妈!

我问,你妈什么时候回来?

狸说,明天。

…………

一本破书,老唐给了我五块钱。五块钱,够我们看十几场电影的,赚大发了!当时我们几个都非常激动,小四儿说,老唐跟你爸爸是朋友,他不好意思给少了,否则会显得不够交情。

大芳说,这事儿你爸要知道了怎么办?

我想起了那个积满尘土的书架说,我爸永远不会知道。

从老唐那儿找到了来钱的办法,于我如同开了一条宽阔的财路，家里小小不言的物件真被我偷偷倒腾出去不少，爸的书柜里摆着七个小陶人，花里胡哨各作姿态，热热闹闹站成一排。挑一个拿出去卖了爸不会知道，他不会天天来数数儿。卖哪个呢？下手的时候还真让我为难，七个小人里只有一个女的，身抱琵琶，美艳惊人，这个太显眼，不能动；背着大口袋，弥勒佛一样的胖子在小人队里也很突出，也不能动；白胡子、白眉毛的老寿星是里边爷爷辈儿的长者，把爷爷卖了不合适；金盔金甲、手持宝塔的武将长相凶恶，单独去卖可能卖不上价……挑来挑去，于是一个戴黑帽子的做了牺牲，拿到老唐那儿换了一块钱。后来金盔金甲也过去做伴了……七个人变成了五个，从原来的挤挤挨挨变得舒展宽敞，很有距离感，各自的艺术魅力得到了充分展示。

没多久，老七的石头印章、书桌上的小摆件、老三扔在家里驯鹰的皮套子、狗玛丽脖子上的小银铃、死了的大姐票戏用过的头面……统统进了扶桑馆。

我拿东西绝对是有挑选，经过深思熟虑的。妈妈的东西我基本不动，妈是个仔细人，你动她一根针她也知道，把她的东西挪个地方她都会跟你计较。相反，爸和老七却是稀里糊涂，老七的石头印章一大盒子，画完了画该用章了也就那么几块，大部分章子都是闲置，少一块他察觉不出。书桌上的摆件有只竹子编的小鸭子，是他的女朋友柳四咪送他的，俩人分手七八年了，柳四咪早嫁了别人，他留着这个摆那儿徒自伤情，不如送到老唐那儿去，也让他断了念想。我们家后院有个小堆房，里面破烂儿多得浩如烟海，老祖母留下的花盆底绣花鞋、老祖官帽上的顶戴花翎、跟人私奔了的二姐扔下的一套套衣裳、早夭的老六留下的一堆玩意儿，破桌子烂板凳、旧隔扇花屏风……蛛网尘封，无人翻动，成了我取之不尽用之不竭的宝藏。

我的生活得到了极大改善，苏联电影已经不能满足我的欲望而改为看戏了，看戏比看电影过瘾，戏有日场和夜场，不敢看夜场，只能看白天的，白天名角少，价钱便宜，最常去的是圆恩寺的人民剧院、坛口的群众剧院和广和剧院，东单的实验剧院和灯市口的北京人艺也是经常光顾的地方。

我已经是中学生了，在西城读书，学校古色古香，在故宫西华门和中南海西苑之间，据说是太监李莲英的宅邸，李莲英就住在宫门外头，跟皇上、太后都近，随叫随到。李莲英离皇宫近了，我可是离家远了，从东城到西城，过北新桥穿地安门，我得倒两回车，买月票是必须的，这也是我挑选中学的心计。

月票是好东西，有月票，想上哪儿就上哪儿，逃出了妈的掌控，如同给幸福生活插上了驰骋的翅膀，把我舒坦得只想大声喊："幸福哇，幸福！"我到哪儿去已不需要小四儿和大芳陪伴，那两个人早已成了我的累赘，用历史老师的话总结是"尾大不掉"，汉朝政治的重要问题。我不能像汉景帝似的任着藩镇拖累，那两个大尾巴当断则断。

什么事情都是两方面的，自由的我也有担心，我最怕的事情是老唐把我盗卖家私的事儿告诉我爸爸。虽然是小打小闹，可是性质有个"盗"在其中，我爸还好说，妈知道了那一顿打是轻不了的，更何况还有一个脸面的因素在其中。

我很关注老唐的动向，有时候看见他和爸站在街门口说话我都紧张，怕他把我出卖了。就算不是有心，不经意说漏了嘴也很麻烦。

让我欣慰的是这样的事一直没有发生，老唐对我的行径守口如瓶。这是老唐做人的厚道之处。

为此我对狸格外的好，下学了常买些果丹皮、花生蘸什么的送给他。狸认为我喜欢他,看见我回家,早早地张着胳膊跑过来,像迎接他爸爸老唐一样地迎接我,嘴里不住地念叨着"……王八……丫儿"。看着狸的那张真挚的扁脸,很多时候我的鼻子会发酸,狸是个孤独少爱的孩子,我们每个人都有理想,有前程,狸的前程又是什么?老唐老去,他将何如?

1960年以后,打小鼓儿的职业在北京消失,老唐成了废品回收公司的一员,为了照顾狸,他在就近的东门仓废品站上班,所打交道者废铜烂铁、破玻璃烂报纸,收入有限。

五

糖盒子这只日本蛾子飞走了,十几年音信皆无。

困难时期,狸再无零食可吃,每天托着腮帮子在门口枯坐,眼珠随着过往的人转,有人过去拍拍他脑袋,叹口气,更多的人则无视扶桑馆门口这道风景,成了司空见惯。我礼拜天在废品站见过老唐,拿着一杆钩秤在称废电线,脏乱繁杂的废品中,面如冯喆的他一副心静如水的模样。还是那身蓝布制服,不同的是臂上多了一副套袖,脑袋上多了一顶布帽。老唐每天做饭,一式两份,自己带一份给儿子留一份,天冷的时候拜托苏惠的妈帮忙给儿子热一下,其实很多时候狸就在苏惠家吃,在我们家吃,在胡同里的任何一家吃。赵奶奶胡噜着狸的脑袋伤感地说,被妈扔了的小可怜儿……弃猫儿……命苦哇——

狸的扁脑袋就使劲往赵奶奶怀里扎,真像只弃猫一样。

寒假里的某一天,接到学校联络网的口信,第二天要开返校会。联络网是中学在假期传递信息的一个手段,那时候没有电话,更谈不上网络,学校有事召集靠的是一个接一个的传递,记住你的上家和下家,接到信息传下去就是了。

返校日那天冒着大风大雪赶到学校,假期工友放假,大礼堂里没火,我们冻得跺脚流清鼻涕,巴不得快点把我们放了。返校会紧急传达了一个与我们毫无关系的文件——《在全国城乡开展社会主义教育运动的通知》，说是要搞"四清"。运动中，各单位要"清思想、清政治、清组织、清经济"，具体到乡下要"清账目、清仓库、清财务、清工分"，我们听得都很游离，无论清哪个都跟我们不搭界，大家你看我我看你，呈莫名其妙状态。末了，学校将我、大芳和几个同学留下，单独给我们讲话，说我们几个是"基层骨干分子"，是运动的先锋，是党组织依靠的对象。一听这话我很激动，长这么大头回有人这么夸我，头回成了"急先锋"，就凭我这个瞎话篓子，凭我旷课逃学的口碑，我还真闹不明白自己"先锋"在哪儿。老师鼓励我们积极参加运动，争取早日加入共青团。具体说是给我们一个重要任务，成立剧社，仿照中国评剧院演出的评戏《夺印》，复制出自己演的《夺印》来，参加中学生文艺汇演。

原来是唱戏啊，这个我喜欢。

只要不让我念书，唱一辈子戏都成。

那个寒假，看了好几场《夺印》，过够了戏瘾，看戏不用买票，坐在第一排，凭的是负责剧社的冯老师和剧院的内部关系，冯老师本人是个评戏迷，我估计要是允许教师演出，他早自个儿上台了，哪里还轮得上我们这些傻棒槌现蒸现卖。

《夺印》是反映"四清"题材的红戏，说的是小陈庄的印把子掌握在反革命分子陈景宜手中，新来的村支书何文进与其进行了一番较量，把印把子夺了过来的故事，人物很简单，情节也很直接。我被分配的角色是演坏分子老婆"烂菜花"，给书记送元宵，拉拢干部下水。本来这个角色是分配给大芳的，大芳不干，嫌太丑，自己宁愿去干剧务，轮来轮去才轮到我。我倒是不在乎，演什么都是演。冯老师说，只有角色挑演员，没有演员挑角色的，我长得像坏人，演"烂菜花"很合适。

回家练习唱段,给妈阐释"烂菜花"的角色特点,野、坏、骚、烂。爸笑着说,就是个彩么!

妈说,你够五毒俱全了,再加上一个"骚",想出类拔萃吗?不许演!

老七说,这角色挑得很准。老师有眼光!

尽管杂音很多,阻力很大,我还是尽心尽力演好自己的角色,天生的演戏才能让我没费多大劲儿就把"烂菜花"搞定了,惟妙惟肖,淋漓尽致,入木三分。"刻画准确,拿捏到位",这是冯老师给我的评价。

狸到我们家来热饭,吃完了不走,要听我唱戏,我托着狸的饭碗,扭着小腰送着胯,站在金鱼缸前唱道:

从东庄到西庄,我到处把您找哇,
找了这么大半天,我才把您找着。
您看我的两只脚都磨起了泡,
我的衣衫都湿透了,我的周身汗水浇。
哎吆吆我的何书记,哎吆吆我的书记吆,
干这么重的活儿您怎么能够吃得消哇?
吃不消呀,吃不消呀,我给您做了一碗元宵。
擦擦汗您就歇一会儿吧,您看看这是一碗
滴溜溜的圆哪,团团转哪,
江米面的,白糖馅儿的,大个元宵啊——

我估计我唱得很精彩,妈端着半盆水站在廊下竟然半天没泼出去,听入神了。狸高兴得又翻了车,倒在地上四脚朝天乱踢腾,含混地说,江米面,白糖馅,大元宵……

妈说，让你念书真是亏了你！

妈是夸我哪！

在学校里我收获了一个艺名，筱烂菜花。这个"筱"不是"大小"的"小"，是"筱白玉霜"的"筱"，他们说我的唱腔里有白派韵味。当然，筱白玉霜很多时候也叫小白玉霜，那又是另外一码事儿了。

在当筱烂菜花的一段时光里我表现得很积极，努力靠拢组织，热情要求上进，编瞎话等劣迹收敛不少，每天都做好事情，比如扫厕所、给大家打热水、帮大芳熨戏服等。入团申请书写过两份，却如石沉大海，没有动静，也没有任何人关注过我。相反演何支书的、演贫农李有财的相继进入了团组织，每次谢幕他们都留在最后，享受观众的热烈掌声，而我在第一拨就被刷了下去。不是我演得不好，是我的角色没选好，演得越像，人们越把我和"烂菜花"等同起来，我冤大发了！

我找团支书谈话（请注意，不是团支书找我谈话），询问为何团组织老不发展我。支书是高三的大同学，回答也很直接。她说，你们的戏演得是很好，但是组织不能先吸收落后分子"烂菜花"而让党的代表何支书后捎着；再说，你对"四清"运动的理解还很含糊，人家演李有财的一个月写了三份思想汇报，你呢？

我想起我的语文作业还没有交。

为了表现我对"四清"认识的深度，我在自己的熟悉范围内搜肠刮肚，寻找"四不清"干部，却是没有。我不认识任何"干部"，也不知谁有什么"四不清"问题，我脑子里阶级斗争的弦一次也没有被拨响过。

在一次《夺印》演出的间隙，我看"贫农李有财"正趴在化妆桌前写东西，大概又是思想汇报吧，他总有许多可以汇报的思想，我却一点儿也找不出，脑子里空空的，用妈的话说是"干什么都不走脑子"。因为"不走脑子"，我甚至都不知道什么是思想，就像当年学《愚公移山》似的，来实际的可以，让我空对空谈意义绝对砸锅。"贫农李有财"看我走过来，把字纸用手遮了，不想让我看到。

我说，甭遮挡了，你那狗爬的字绝拿不到台面上去，跟我们街坊老唐家那块"扶桑馆"的匾很有一拼。

"李有财"说他对"扶桑馆"很有兴趣，听着很日本。我说就是从日本拿回来的。

他问，为什么挂在中国人屋里？

我说因为中国人有日本老婆。我还答应哪天闲了带他去看"扶桑馆"。

六

天越发地冷了，大槐树上的叶子已经落光，夏日树上垂下的滴棱耷拉的"吊死鬼儿"——那些可怕的肉虫子早已不知死哪儿去了。透过繁茂干枯的枝丫，可以看见天上微弱的星光。正是大寒时节。

下晚自习回家，刚走到树底下，就听到了狸的"……七八、七八、七八八……"，歌声一遍遍重复，带着哭腔，在寒风中，在空旷的胡同里显得凄凉悠远。赵奶奶在街门口站着，见我过来指着坐在台阶上的狸说，唱了一晚上了，任怎么劝也不进屋，老唐到这会儿还不回来，妈不管了，爹也不管了……

我过去对狸说，狸，你爸爸呢？

狸说，江米面儿的白糖馅儿的大元宵。

狸是饿了。

我叫出了小四儿，让他跟着我一块儿去废品站找老唐。小四儿说，这会儿废品站早没人了，找鬼去呀！

我说，老唐就是变了鬼也得找来呀，他儿子撂这儿谁管？

小四儿现在是北京机械厂技校的学生，我们是同龄人，他学级却比我低两级，主要是因为蹲班，光是初一就念了三回。赵奶奶也鼓动我们去找，说街里街坊地住着，大冬天不能让孩子恓惶无靠。

我和小四儿拉着狸到东门仓废品站找他爸爸。在胡同口想给狸买个火烧，谁也没带粮票，十分遗憾，最失望的是狸，眼神就

101

离不开火烧了。卖火烧的娘儿们脸定得平平儿地看着狸一步三回头地离开烧饼炉子，绝不通融。走过墙拐角，小四儿从兜里变出一个刚出炉、冒着热气的火烧给了狸，我知道肯定是来路不正，也不去计较了。

天空上有个弯弯的月牙儿，羞怯怯的，柔弱而凄冷。路面结了冰，走一步滑一步，接近城墙豁口，风变得猛烈起来，右边明清时代留下的仓廪高大威严，在深蓝的天幕下衬出凝重的剪影。东门仓是有皇上那会儿藏粮食的地方，京杭大运河通过漕运运来南边的粮食，就近放在东城的几个粮仓，东门仓附近还有海运仓、北门仓、北新仓等等。海运仓被中医学院和解放军招待所占据，北门仓成了街道小工厂，东门仓十几座仓廪分成几块，以百货公司仓库为主，废品站在仓库南边，是低矮土墙圈起的一片空地。

狸冰凉的小手紧紧拽着我，喉咙里还在一阵阵抽泣。我说，狸，咱们不怕。

细想，狸年龄比我还大。

废品站在仓墙的阴影里，虽是破破烂烂一大堆，竟然还有门，门是几块破木头临时钉的，上着锁。狸来过这里，见到废品站，撒开我，使劲拍门，大声喊爸爸。空旷的院里黑洞洞的，除了呜呜的风，没有活动的物件。我要回去，狸又开始哭了，蹲在破门前不肯走开。小四儿隔着门缝朝里头望，跟我说，有门儿！

小四儿说门锁是从里头锁上的，说明院里有人，我们不是白来。说完他三下两下蹬着门板就翻了过去，动作十分的轻便利落，即刻里面传出了废铜烂铁的踢里哐啷，他在制造响动。果然，角落的一间小屋灯亮了，半天出来个披着棉大衣的老头，大概是晚上的看守了。我们问老唐哪儿去了，老头说他不管什么老唐，他下午六点来接班，白天的事儿不知道。小四儿问老头接班时见没见到老唐,老头说他不知道谁是老唐,废品站的耗子他倒是能数出一二三四。老头嗔怪小四儿翻墙,说废品站也是国家公司的一级机构,哪能胡乱践踏。小四儿说老头拿着鸡毛当令箭,屎壳郎趴铁轨——愣充大铆钉。哪天叫几个弟兄来,砸了这鬼地方。老头说,废品站还怕砸?想过砸瘾来这儿是找对了地方。

双方说话都有点儿戗,末了小四儿让老头开门,老头不给开,让小四儿从哪儿进来从哪儿出去。小四儿二话不说,抄起个大铁圈蹾地蹾上墙,跳出来,把铁圈拽在门上。老头不得已打开门,骂骂咧咧把废铁捡了回去。

三个人照原路往回走,狸这时候也不哭了,低着脑袋走路。小四儿说,狸,你爸爸玩失踪呢,他真要里通外国上了日本,你就像崇祯皇上一样在胡同的槐树上吊死,以谢国恩。

我说,哪儿跟哪儿啊!

小四儿说,中国街坊照顾了他这么些年,难道他不该谢谢?

我说,小四儿你住嘴!

狸在旁边一言不发。

第二天得到消息,老唐是被单位提走交代问题了,听说是"扶桑馆"的事连带着政治问题。"清组织、清政治、清思想……"老唐得老老实实向组织坦白。

说老唐的背后有一只又大又粗的黑手。

听着都很可怕!

"四清"清到老唐头上了。

在剧社排演时听大芳跟大伙谈论老唐的事,"贫农李有财"说,"社教"针对的就是老唐这样的人,目前阶级斗争仍旧十分尖锐,地富反坏右分子活动仍旧十分猖獗,帝国主义亡我之心不死,我们得随时提高警惕。

"李有财"说着朝我瞄了一眼,这一眼瞄得我浑身一哆嗦。

"何支书"说,老唐虽然算不上领导干部,但他的上属是废品回收公司,他是公司的职工,就凭他走街串巷打小鼓,就凭他屋墙上的"扶桑馆",就凭他那不见踪影的外国媳妇,问题就很复杂,是该清清的时候了。

大芳附和着说,电影《羊城暗哨》里的冯喆就是卧底,卧得那么自然那么好,老唐这个冯喆也来历不凡,凭他的长相,就是一个卧底的长相。

风起青萍之末,我隐隐约约地感到我就是那起风的源头。没有我对"扶桑馆"的推介,恐怕也没有老唐"夜不归家"的麻烦。进了水的脑子,口无遮拦的嘴,我是没事找事啊!

妈常说我没心倒肺,细想想,我确实是没心倒肺,在这方面我甚至不如在台阶上啃萨其马的狸!我在戏台的边幕一个人偷偷掉了半天眼泪。

老唐带出话儿来让苏惠妈照料几天狸,说他没事儿,两三天就会回来。老唐果然没一个礼拜就回来了,虽然眼睛乌青,手上有血痕,也没见他说什么,每天照旧上班,照旧带饭,狸照旧在苏惠家热饭……老唐没说为什么被叫去交代,也没说被叫去以后的情况。赵大爷拦住他问,老唐,真没事啦?

老唐说,没事,赵大爷。

赵大爷说,我总是不放心。

老唐笑笑,给赵大爷鞠了一躬。

我心里愧对老唐,有时候对面碰上了,也不敢拿正眼看人家,总想找个机会跟他细细说说这件事情。老唐倒不在乎,照旧跟我说话,照旧叫我七格格,我心里明白,我已经不是他眼里简单的七格格了,我是在暗地里坑他的人。

"文革"时候，我们胡同里抓出了不少"坏人"，34号的"保安队长"白瘸子、李立子那个美丽的名角妈妈、后罩楼皇家的珍格格，包括苏惠的妈、大芳的爸爸和我的父母，都受到了冲击，这时候的"坏人"比"好人"多。

老唐原本应该是风口浪尖上的人物，此时反倒无人理会了。老唐很忙，社会上到处在破"四旧"，外边不破各家也自己破，免得让造反派查出来招灾惹祸。清出的旧东西大多送了废品收购站，父亲的不少珍贵版本和名人字画全到了东门仓，真正的二分钱一斤，上大秤称！四平板车"旧纸"，卖了一百多块钱，六十年代的一百多块啊！现在想想，只是心痛。

在胡同口见到老唐，可以察觉到他微微地朝你点了一下头，那个细小的动作只有当事者才能心领神会，轻微得别人几乎看不出。在那动辄得咎的年代，老唐在尽力地保护自己，保护别人，每个人都过得谨小慎微，如履薄冰。

1968年我上山下乡，去了陕北，一走几十年。小四儿技校毕业顺理成章进了工厂，在铸造车间当翻砂工。兔儿爷参了军，到东北边境，听说还当了小排长，是个少尉。苏惠到内蒙古军垦种向日葵，大芳去云南种橡胶……一拨小伙伴散了。

我记得离开北京那天是个上午，艳阳高照，天空很蓝，欢送知青上山下乡的锣鼓声响彻整条胡同，我穿着笨拙的新棉袄，胸前戴着大红花，被簇拥着走出家门。户口被注销了，行李已经装上了车，我知道自己不再属于北京，像抡铁饼一样，我被甩出去了，没有回头一说。脸上在笑，心里却往下沉，内里与外表的分裂竟然让人如此不堪，如此纠结。

走出大院最后一次回头，看到狸站在扶桑馆门口依恋的眼神。听说他的爸爸又进了学习班。

七

  白驹过隙，时光倏忽而去，四十年后我们再聚"扶桑馆"。
  此"扶桑馆"非彼"扶桑馆"，它是一家日本料理店，开张有几年了，在餐饮业风生水起，很是红火。
  聚会的召集人是"扶桑馆"经理赵俊生，即当年的不良少年小四儿。小四儿电话里叮嘱我一定要到，大芳他们几个先后都办回了北京，只有我一个人还在外地，说见我一次不容易，他们都想我呢。兔儿爷在网上给我发了详细路线图，坐地铁几号线，在哪儿倒几号线，最终在哪个口出来都交代得清清楚楚，把我当成了外地来的、找不着北的大妈。
  我提前半个钟头到了"扶桑馆"，内里的装修很日本化，都是单间，进门脱鞋上"炕"，和纸的推拉隔扇和脚下的榻榻米让我依稀想起了老唐的家。
  小四儿迎过来，西装革履，一副经理装扮，胖了，发福了，已经寻不到当年的狡黠和灵动。彼此一个大大的拥抱，展示了我们友谊的地久天长。
  小四儿把我领进一间大房，说这是全店最考究的房子，四十八叠面积，可以举办重要聚会，可以和日本横滨大宾馆的"兰间"媲美。大芳和兔儿爷都到了，先是从矮桌后面直起身子，愣愣地看着我，紧接着连滚带爬地扑过来，拉住我的胳膊使劲摇晃，嘴里喊着，几十年了，你到哪儿去了！

眼里都有泪花在闪烁。

百感交集，我们都已面目皆非，走在街上面对面也是路人。大芳肥臃胖硕，银发满头，成了三个孙子的奶奶，一口京腔依然未变，喷出的还是胡同串子语言。她说她早晨先去南馆晨练，跳一通大妈舞，再送孙子上学，而后早市上买菜，午饭后闷一小觉，然后参加评剧班的活动，最后去学校门口等孙子，跟北京所有的老太太一样，日子安详快乐，简单充实。兔儿爷八年前从机关退休，喜欢上了古玩收藏，是潘家园的常客。每日关注的除了玉石字画以外还有谍战电视剧，有卧底、策反内容的必看，抗日的也看，比如手撕鬼子一类的，不到电视上板不罢休。

小四儿说他二十年前就单干了，倒腾过钢材，卖过医疗器械，干过传销，开过猫狗美容店，折腾过房地产，全赔！

大家都说，只有我还显得年轻。我告诉他们，其实也老了，头发是染的，牙齿是假的，眼睛原本近视，老了正常了，为了装斯文，戴个平光的……刨去假象，是个白发无齿老妪。

大家哈哈大笑，好像一下回到了过去。

小四儿说苏惠没有联系上，她家里人说是在南方某地庙里修行，当居士了。

每个人都惊叹对方的变化，四十年，老了一代人。

我注意到包间的重要位置悬挂着"扶桑馆"的真迹，我们都变化了，只有它还是旧时模样。黑红的镜框，很率性的字，竟然安然无恙。

我问小四儿"扶桑馆"的匾怎么在这里，小四儿说，你猜。

我说，一定和唐家有关。

小四儿说，今天邀你们来，是糖盒子和狸的邀请。糖盒子是"扶桑馆"的股东，日本的说法是代表取缔役，我不过是个打工的。

我们几个面面相觑,有世界真奇妙的感觉。

我说,狸还活着?

小四儿说,我们不也活着?

兔儿爷说,糖盒子,那个操蛋日本娘儿们……还有脸回来?

小四儿说,日本欧巴桑,很随和的一个人。

大芳说,把冯喆一样的老唐闪了一辈子。冯喆"文革"的时候在四川大邑自杀了,老唐最后结局大概也不妙。

小四儿说,你错了,老唐结局很妙,"文革"结束,他被调进出版社当了日语的译审,人家真正是按干部退休的。

大芳说,怪了,连演员冯喆都自杀了,老唐能安然无恙,这也算是奇迹了。

大芳说这话的时候有意无意地看了我一眼,我的脸立刻窘得通红,连自己也纳闷,几十年的走南闯北,不说是身经百战也是历练无数,脸皮厚得近乎无耻,偏偏在此刻还会脸红……赶紧喝了口茶作为掩饰。

大芳朝我微微一笑。

我扭过脸去装傻。

兔儿爷认为老唐是有背景的人,帝国大学毕业的留学生,日本企业家的乘龙快婿,回国心甘情愿打小鼓儿,收废品,若没有精神支撑,没有组织支持,怕是难以做到。扶桑馆,在沦陷时期应该是搜集敌伪情报的中心。

大芳说,兔儿爷是《潜伏》一类电视剧看多了,以后谍战编剧可以请他去做策划,保准异想天开得让人瞠目结舌。

小四儿也说,编电视剧还就得兔儿爷这样的人。

我半天没说话,想着那个儒雅安静的老唐,搜集情报也罢,打小鼓儿也罢，关键他是狸的父亲，自谦、内敛、低调、平和是他人生的基本，他或许有背景，或许没背景，无论有与无，他的学识和修养，他不显山露水的做派都是值得我推崇和尊敬的。

让人惊奇的是老唐还健在，96岁高龄了头脑还清晰。小四儿说，中日友协年年来给他送花，文物部门常请他鉴定东西，出版社日语词典编辑定期来请教问题……虽然坐了轮椅，行动不便了，还是很忙。

正说着，门开了，狸和他的妈妈出现在了门口。狸还是过去的小孩子模样，8岁，抑或是9岁，他的病为他留住了童年，我们当中"永葆青春"的应该是他和墙上那块匾。

小四儿朝狸招招手，亲切地叫着"他奴ki"，小四儿地道的日语，发音柔和亲昵，他不再叫那个小孩子"狸"。

在我眼里，狸还是过去的狸，记吃不记打的狸。

狸清楚地喊出了我们每个人的名字，他的容貌在我们眼里定格，我们的名字在他的心里定格，彼此都还记得。狸拉住了我的手，软软的小手让我想起了东门仓深沉的夜色和那个让人失望的废品站。狸抬起了扁脸目不转睛地看着我，看得我泪水夺眶而出。狸踮起脚将我的泪水抹去，嘴里说，江米面，白糖馅……

眼泪更加汹涌。

糖盒子穿着当年藏蓝底小碎花的和服走过来，樟木箱子的味道依然，看来是有意为之。我们对她都有些冷，让我不解的是岁月为什么丝毫没有改变她的容颜，这个糖盒子几十年保养之好，让人匪夷所思。小四儿看出我们的疑惑，解释说，这位是"他奴ki"的妹妹鹤子，唐鹤子。

我们听来还是"糖盒子"。

对面站立的女人就是当年糖盒子胸前用布带兜着的小丫头片

子,她与她的母亲酷似一个人,让人不得不承认基因遗传的绝对稳定性。问及糖盒子,唐鹤子说她的母亲在1955年去世,死前一直惦念她的父亲和哥哥,嘱咐她长大一定回到中国,回到父亲身边,她是唐家的长女,也是唯一健康的孩子,父亲和哥哥狸需要她。

就是说糖盒子回到日本没几年就故去了,中日之间直到1972年才恢复邦交,至于民间的正式往来当然更晚。

一段故事,听得人有些心酸。

唐鹤子对我说,我猜您是七格格,我父亲常常提起您,今天他让狸给您带了些东西。

狸把一个绿地白萱草的包袱交给我,里面鼓鼓囊囊不知包了些什么。这个包袱皮似曾相识的熟稔,猛然想起是老唐打小鼓儿时日日夹在腋下的物件,它来自日本,是吉田家的老物。还记着爸教给我,接受日本人送的礼要当面打开给以称赞的教诲,我把绿皮包袱打开来,小四儿、大芳也围过来看。

灯光下,包袱皮里的物件让我一阵眩晕,许久失神。那些物件之上是一本蓝布面小折子,展开折子,里面墨笔直书——

金家七格格舜铭所存之物:

壹、《二如亭》一册,明版汲古阁校刻,嘉靖年间白棉纸本,白口欧字,此书应一套,此第三册。

壹、竹编黑鸭,高四公分,长六公分,江南民间物件。

壹、日本名窑"九谷烧",七福神中大黑天及毘沙门天二神,均为六公分高。

壹、小银铃,二公分,上有"吉市口张权"字样,系朝外大街吉市口张权银铺打造,四爷屋内小狗脖上物件。

壹、鸡血石"景福阁"随形闲章一枚，高十公分，阔三公分。

壹、面人张果老骑驴，白云观庙会某氏所制，人高五公分，驴长十二公分。（已虫蚀，用油纸包裹）

壹、古冥器陶猪，高三公分，长七公分，猪底有四爷墨笔小注：唐 陕西蒲城乔陵出土。

壹、花露水玻璃空瓶，上海"双妹牌"，底圆细颈高十五公分，一九四三年前后产品。

壹、"枇杷飞鼠"扇面，工笔，金家七少爷金舜铨作品。

壹、京剧旦角点翠头面，翠羽粘贴"顶花大凤"，长宽各十公分。

壹、驯鹰黄牛皮护臂，长二十五公分，宽二十公分，配以牛鼻紫铜扣环。

壹、民国一九三六年画报，国民党主席胡汉民出殡专辑。

壹、线书《粤寇起事纪实》同治十三年刊，撰者不详。

壹、康熙年官窑，青花山水鸟食罐，高四公分，直径三点五公分。

……………

兔儿爷惊呼，前些日子一套明版书在香港拍卖，卖到了一百万，天哪，丫丫你这是发啦！

大芳说，连狗脖子上的铃铛都卖了，你真够可以的！

小四儿说，跟我一样，不是个省油的灯。

我什么也没说，我说不出来了！唐先生，我父亲一直叫您先生，您真是先生，大先生！

视线再次落在"扶桑馆"上，我问唐鹤子，那几个字到底是谁写的，唐鹤子说，孙文孙中山。

兔儿爷说，其实我早就猜出来了，可惜没有落款。

盗御马

将酒宴摆置在聚义厅上，某要与众贤弟叙一叙衷肠。

——京剧《盗御马》窦尔敦

一

有人说"文革"时，我们上山下乡的一代是"打不散""压不垮"的"老三届"，其实早就散了。所谓不散，是几个"混出人样"的精英的纠集，是梅菜扣肉上头的肉的张扬，而大部分是肉下头的菜，是干巴巴的铺垫。当然，有时候下头的菜比上头的肉好吃，那要看吃者是处于一种什么状态。肉有肉的光彩，梅干菜们有梅干菜们的友谊，张秀英、刘二东、李抗美、王小顺，还有我，我们都属于梅干菜序列，我们是芸芸众生中的一粒草芥，我们的名字普通得让人记不住，可却深深地镌刻在我们各自的心底，刻骨铭心，除非死去，不会消逝。

当然，后顺沟那山那水那人，也镌刻在我们的心里，除非到死，不会消逝……

2007年夏天，冒着炎炎烈日，我回到了后顺沟，回到了黄土皱褶的深处，回到了四十年前生活过的地方。我的回来带有随意性，到延安来开会，跟负责人请了一天假，坐了三个钟头的班车，出现在这个偏僻的犄角旮旯，来到这魂牵梦绕的落魄之地。这里现在被叫作了顺沟二组，仍旧是一个小得不能再小的自然村落。

公共汽车还要继续朝前开，前面十公里的刘河乡是终点。这趟车在下午三点半返回县城，路过这里，就是说，我在后顺沟的时间满打满算有两个半小时。

两个半小时，我要温习完四年的内容。

村里新添了几孔石窑，有了自来水管道，村街醒目的墙上刷着标语，提示出这阶段的工作重点，现在的重点是"少生优生幸福一生"，大概是说计划生育的，不知被哪个淘气的小子将所有"生"字下面一横全抹去，变作了"少牛优牛幸福一牛"。以前这面墙的标语装饰归知青操作，我们在上头画过红太阳和天安门，写过"大海航行靠舵手"，对上头的每一个坑洼都很熟悉。路还是土的，路边种了两排小枣树，挖了一道流水沟，大概是社会主义新农村的政绩。村里青壮年都出去打工了，只一些老弱病残在留守，麻将桌支在树荫下，打牌的人都光着膀子，似乎燥热难耐。几条慵懒的狗在街上溜达，几只鸡在草窠里钻进钻出，天还是那般蓝，土还是那般黄，眼前景物，似是而非，如梦如幻。几十年过去，我在这里几乎不再认识谁，谁也不再认识我，我的到来没引起任何人的注意。

透过几棵弯着脑袋的向日葵，我看到沟对面那块相对平整一点的地界依然存在，那两孔曾经为我们遮风避雨的破窑洞已经坍塌得看不出眉眼，长满了荆棘。沟下的水也干了，变作了断断续续的水坑，一步就可以跨过去。

跟一个打麻将的打听记忆中的熟人，他不回答，却警惕地问我打哪儿来。我说打北京来。他问我来干什么，我说什么也不干，就是看看。他说他还以为我是来勘察地形的，早听说要在北边山峁上安个铁塔,一年多了也没见来人,这里的手机信号极差,月月还得交钱,亏了。另一个扔出手里的牌,高呼"四饼",扭过头看了我一眼说,这穷山恶水有什么好看,城里人吃了汉堡包满世界胡钻……

他们是谁,我不知道,四十年前他们在哪儿,我也不知道,在他们的目光中我是一个无端闯入的旅游者,地域的差异让他们对我充满了反感。想起了贺敬之写的《回延安》,"白生生的窗纸红窗花,娃娃们争抢来把手拉",那情景大概不会再有了。想当年我们在这里战天斗地,流血流汗,方圆近百里谁人不知我们啸聚后顺沟的"窦尔敦"一族,四十年的时光,一代人消逝得这般快捷,记忆被生活研磨得这般平展,让人心底生出些许黯然。

站在街头,茫然四顾,才发现现实和记忆相去甚远。满街闲转的狗,个个肮脏丑陋,大部分是京巴和土狗的串秧,让人分不清毛色和眉眼。见我在树下停留,两只狗蹭过来,将沾满了泥浆的尾巴使劲甩,分明是讨好。四十年前这里的狗是何等英武利落,包括我们养的那条温顺美丽的母狗黑子,也是我们"众好汉"中一个精彩点缀,哪里有这般的窝囊。乡间的狗厉害,细腰长嘴,不善宣扬,冷不丁从墙后窜出来,照着你的小腿就是一口,人说"贼咬一口,入骨三分",让陕北的狗咬一口,不是三分,是稀巴烂,这里的狗都是跟狼干过仗的,大部有匈奴狩猎犬的遗传。

街对面有座开满了黄丝瓜花的小院,院门开着,我探进院里问,有人吗?

一条黄狗趴在窗下睡觉,见了我,懒洋洋地半睁了一下眼睛,不再理睬。但就在我刚刚迈进台阶,往里走时,这条狗像是突然想起了什么,一个激灵腾身而起,呜地一下扑过来,不是用链子拴着,那气焰万丈的架势能把我咬死。黄狗挣着铁链子向我狂吠,展现出一种不共戴天、是可忍孰不可忍的愤怒激情。

一个圆脸胖女子出来呵斥狗,狗不理女子,蹦得更高。女子指着狗说,三泰,不许你叫!

女子把狗叫作"三泰",既是黄狗,就该是"黄三泰"了,我问怎的管狗叫"三泰",女子说它生下来就叫三泰,他们家的狗换了好几条,都叫三泰。

我问叫发财的队长住在哪儿,女子还没说话,屋里有人咳嗽,问院里是谁。女子向屋里喊,这人来找我爷!回头又对我说,那是我婆。

这么说是发财的孙女了,我在那张胖脸上寻找发财的印记,没有。女子说话带有浓重的陕北腔,鼻音很重,把"我"说成了"俄",像得了感冒。屋里的人让我进去,狗还在不依不饶地叫,胖女子跑过去使劲踹了狗一脚,让它卧下,狗哪里肯卧,隔着女子朝着我还是狠叫。

被叫作"婆"的坐在炕上,满头白发,一脸褶子,八月了还穿着毛裤,拢着个不满周岁的孩子在尽职尽责地履行祖母的义务。孩子跟外头的黄狗一样,腰里拴根绳子,一头系在炕上的一个小石头狮子上,爬也爬不远。石头狮子当地叫作拴娃石,是乡间炕头的必有点缀,炕上有了拴娃石子孙才能昌盛,娶新媳妇,新媳妇还没进门,小狮子已经早早地蹲在炕上了。当年后顺沟几乎所有的孩子都被拴娃石拴过,一个石头狮子拴过几代人,成为这个家庭不变的风景。眼前这个狮子我认识,曾拴过发财的大儿子,后来被五狈偷出来拴鸡,磕了一个角……

看我进来,"婆"盯着我使劲看,嘴唇动了又动,一双眼虽浑浊流泪,到底还是认出来了,惊呼一声"我的娘",隔着孩子一把将我的胳膊攥住，颤颤地说道，老四，你咋才回？

一句"老四"叫出了我的眼泪。

两双泪眼相对。

眼前的老人，就是当年村里最漂亮的新媳妇黄麦子，记得队长娶她的时候我们全体知青都被请去吃席，还送了礼，一床枣红线绨被面，当然也顺手"拿"走了人家的驴缰绳。队长的爹是队里的饲养员，也是党支部书记，儿子是队长，爹是书记，给人的感觉好像后顺沟都让他们老刘家包了。支书找我们要了好几回驴缰绳，我们众口一词都说没拿，支书说我们是土匪，老二说我们是窦尔敦，窦尔敦就是土匪。

当时，那根缰绳对我们很重要。

现在精干的队长媳妇成了老太太，老得浑身是病，动作迟缓，下不了炕了。麦子告诉我，胖女子是她的二孙女，炕上的是小孙子，还有大孙子在部队当义务兵，两个孙女在延安上中学。细算她生日比我还小半年，我的独生儿子还在单身贵族里晃荡，别说后代，连媳妇还没有准星，她已经是子孙满堂了，似乎有隔世之感。问及发财队长，麦子说，死了，十年前就死了，肝病，疼得在炕上滚，生生是疼死的，死的时候脸焦黄，人成了一把骨头。

我就想那个英俊的年轻队长，因为长得像《地道战》里的传宝，曾经一度让我们女知青很神往，其他队的知青经常有"不远万里"来看"传宝"的，看过一回还要看第二回、第三回……发财长得帅是得了这里水土的滋润，陕北是出俊男美女的地方，人说"米脂的婆姨绥德的汉，清涧的石板瓦窑堡的碳"，指的是这一地域出产的精彩，传说貂蝉是米脂人，吕布是绥德人，后顺沟不属绥德县，却是离得不远。我们跟发财谈论过他出色的相貌问题。发财说他是杂种，是匈奴和汉人杂交生出的杂种，跟当地的

狗一样,但凡是这样的杂种,都长得漂亮,脑袋也好使。我们说发财窝在后顺沟可惜了,要是在北京、上海什么的,准能进"样板团",比舞台上活跃的洪常青、杨子荣都精神。问题是发财既不会跳芭蕾也不会唱样板戏,他就会放羊种庄稼,再拿手的就是唱酸曲儿,他那些酸曲儿能酸倒人的牙,听听吧,"拉手手,亲口口,咱们两个圪崂里走"……男生们问他跟女的到圪崂里去干什么,发财挤挤眼说,扒袄袄褪裤裤,想干甚就干甚,想咋干就咋干!

男生们问是先扒袄还是先褪裤,发财说那得看时间……

队长无形中充当了知青的性启蒙教师,大家年龄相当,他的生活经验远比我们丰富,这是他受知青喜爱的原因之一。干活男生都愿意往发财跟前扎,地里时常响起哄堂大笑,女生们装作不在意,却扎着耳朵往那边听。我们都知道,发财虽然是单身汉,却私下跟两三个女子睡过了,其中还有个已婚的婆姨。男生们问那"两三个"都是谁,发财说,那不能说,人家还要活人哩!

男生们说,接受贫下中农再教育,你得教育教育我们。

发财说追女人有诀窍,得紧追,得不耐烦地追。就唱:

二十里明沙三十里的水,五十里路我来看妹妹。
半个月我跑了那十五回,哥哥我跑成了罗圈腿。

大家在地头嘻嘻哈哈跟着溜唱,发财调子一转又换了词。

山丹丹花儿三更里开,哥哥我一准就翻墙来。
窗外的哈巴咬了个紧,哥哥我上了妹妹的身。

这回没人跟着唱了，大家都有些脸红。农民甲说，城里娃娃鸡巴太嫩！

公社找发财谈话，让他注意影响，说龙川县已经法办过一个"破坏上山下乡政策"的队干部了。发财问那干部做了甚，公社人说和下乡来的女知青睡了觉。发财说，两相情愿的述事，法办谁哩？

干部说，那两相要是不情愿呢！

发财说，那就别述干，这事简单得很。

我们喜欢发财的直率，连跟相好睡过几回觉都老实交代，并且很忠实地替对方保密，挺仁义。发财活泼、机敏、随和、周到，跟他在一起干活，快乐，不累。我说，要是两年内招工的再不把我招出去，我就嫁给发财！

结果，还没有等到两年，人家就娶了前顺沟的黄麦子……黄麦子比我们能干多了，也实际多了，人家把个家操持得一尘不染，前前后后给他们刘家生了三个儿子。

当然，也亏得我没嫁给发财，要不现在已经当了十年寡妇了。

麦子说，你们那几个货，谁也不知道回来看看，全是白眼狼……

我只顾擦眼泪，想念那个一度让我钟情的队长，什么话也说不出了。

知道我的时间紧迫，麦子让胖女子紧忙做饭，没一会儿，女子端出了荷包蛋，大青花碗里满满当当盛了七八个，舀了两勺子糖，还有香油。小炕桌上变戏法一样冒出了炸糜子面糕和嫩玉米，这些都是当年知青们的最爱。麦子还嫌拿得少，让女子把橱柜里的洋芋擦擦端出来。洋芋擦擦是地道陕北饭，缺粮的时候把土豆擦成小片，沾上干面搁锅里蒸，蒸出来蘸蒜水醋汤吃，属

125

于缺粮时代的"瓜菜代",是没法子的法子,现在却成了稀罕物件,连陕北的大饭店里都卖这个。

女子说,橱里的擦擦是中午蒸的,这一桌吃食,莫不是要把北京来的老四撑坏呀!

麦子说,你不知道他们……我知道,尽管去端。

外面的黄狗炸雷似的吠。

女子说,今儿个三泰是有病!

二

麦子的确知道我们。

1969年在陕北，最大的问题是饿，不是不够吃，是吃不够，永远吃不够。

我们是一群眼睛冒着蓝光的狼，无论看到什么，第一个念头总是"能不能吃"。

每月每人三十斤精粮，是政府拨给的，需我们按时到刘河公社去取，这是国家对插队知青极大的照顾了。三十斤，听着不少，偏偏就不够吃。驮粮的时候我们一个不落，全体出洞，早早从发财爹那儿赶出灰叫驴，打打闹闹沿着崎岖山道往公社走。黑子也跟着我们，黑子是我们从村里农民乙家抱来的小狗，来的时候眼睛还没睁开，硬是用面汤喂大，现在已经很有点儿狗样了，一身毛在阳光下缎子般地闪光，线条极佳，叫声也响亮。黑子随着我们跑前跑后，明亮而欢快，成为我们驮粮队伍的一道风景。队伍转过山崅逃出发财爹的视线，老二立刻爬上驴背，在驴背上拉开山大王的架势，高唱"将酒宴摆置在聚义厅上，某要与众贤弟叙一叙衷肠"。我们几个没有骑光板驴的能耐，只好揪着驴尾巴走。叫驴也很重视这趟差事，平日倔而拧，不好使唤，但只要去公社驮粮，从来都是乖乖儿的，让走就走，让停就停，连臭屁也不放。

在公社我们可以用家里邮寄来的全国粮票买烧饼，一人四个，男女平等，其中也包括叫驴和黑子的；黑子的减半，吃四个烧饼得把小狗撑死；多出两个给发财捎回去，以示我们的友情，感谢他的关照。驴驮粮食是为我们服务，为我们服务就是为人民服务，理应受到好招待。给驴和狗吃烧饼，把发财爹心疼的，骂我们是造孽，是暴殄天物，说我们要遭报应。我们不相信报应，我们相信平等，有个资本主义国家的人说过，在水沟里草履虫的生命和人一样高贵，草履虫都高贵了，何况是驴和狗。

驮回来的粮食搁在我们窑里，由老大张秀英看管，老大人老实，话也少。女生窑里原本四个女生，一个回去养病了，得的病很时髦，抑郁症，平时也看不出哪儿有毛病，人家就是抑郁，脸冲着墙一坐一天，不说一句话，支书怕她自杀，让她回去了；另一个她爸爸是个造反干部，写了个条子，人家就调县里当播音员去了。窑里就剩了我和老大，一铺可以睡七八个人的大长炕，我们俩一头一个，中间是空空荡荡的炕席，谁不挨着谁。

我俩都没有靠山和后门，老大出身工人世家，根红苗正，她爷爷参加过长辛店"二七"工人大罢工，她爸爸是铁路信号厂六级车工，她本人当过北京西城红卫兵纠察队队员。"西纠"老大别看人高马大，站在那里女拿破仑似的威武，胆子可比谁都小，她最怕的就是鬼，在她的眼里，满世界都是鬼。老大那个工人爸爸名声好听，"工人阶级领导一切"，其实什么也不领导，一点儿权力也没有，购货本上半斤白糖二两芝麻酱，半块肥皂一两碱面，他不比别人多一分，上班就知道摇手柄车螺丝帽，这样的爸爸写一百个条子也没人把他闺女折腾出去当播音员！

我的情况看着简单，其实比老大糟，父亲、母亲在"文革"一开始就早早走了，两个人是一块儿走的。父亲比母亲大18岁，他60岁上我才出生，过去他老人家是提笼架鸟的八旗子弟，会唱大鼓也懂戏，会书法也懂画，会说一口流利洋文，新中国成立以后当上了政协委员，算是有了一个正经名分，可什么也不顶。"文革"一开始，有人刚给他贴了一张大字报他就吓得天塌了一般，晚上跟我母亲一商量，两个一块儿吃了安眠药，睡过去再没醒过来。其实有什么呢，什么也没有，人家国务委员都拉出来游了街，照样吃喝不误，他一个政协的，让一张纸乱了分寸，匆匆忙忙奔往他界，划不来！父母亲人缘好，竟然没人说他们是"自绝于人民"，人家不提，我作为家属更不提，我的出身是"自由职业者"，谁也说不清"自由职业"是个什么职业，但提起父亲母亲多少有点儿讳莫如深，总要费些口舌解释他们为什么同一天死，当然，最好的解释是"煤气中毒"。

因为我听话，表现好，会写批判文章，能整材料，到农村第二年就入了党，是上边给支部下达了"火线入党"的指标，各村都有，必须完成，硬任务。我的入党介绍人是发财和他爹，两个农民介绍一个"自由职业者"加入了党组织，挺有意思。

回过头来还是得说吃。

管粮的老大根本管不住粮，她管的只是领粮的粮本，饭是大家轮着做，两人一天，谁做饭谁舀面，舀多舀少全凭感觉。做饭是大家都乐意干的活，不出工白记分，男的十分女的八分，年底按分分红。每人做饭都使出了看家本事，八仙过海各显其能，饭便做得空前绝后，花样翻新，非后顺沟的农民可比。粮食驮来的前十天，我们的饭桌上比较充盈，比较生猛，烙饼馒头干面条，往死里撑，不撑得肚子疼不叫吃饱；当中十天吃得比较简约，比较柔软，稀粥糊糊疙瘩汤，老五说这叫"哄上坡"，看来吃得撑，拉着车上到峁顶就泄没了；最后十天是"自力更生"，我

129

是组长，我郑重宣布，自今日开始，像《地道战》一样，咱们得"各自为战"，"打一枪换一个地方"，"不许放空枪"了。

话说得含蓄，可是意思很明白，"各自为战"就是自己找饭辙。

我们的"辙"有三条路：第一是串门，事先侦察设计到位，潜入到村里各家各户，有一搭没一搭地待着，到了吃饭时候腆着脸不走，有你一碗就得有我一碗，实际就是蹭饭，用文化人的词汇叫"打秋风"；第二是串队，附近各村都有知青点，前顺沟、段家河、甘谷峪、阎王砭，方圆百里都是朋友，串队是常事，同是天涯沦落人，相逢何必曾相识。知青们有条不成文的规矩，不管哪儿来的，只要是知青一律管吃管住，住三五天也行，住十天半月也行，完完全全的共产主义供给制。我们到他们那儿去串，他们也到我们这儿来逛，各点背粮的时间不相同，大家又都是好脸面的人，投我以桃，报之以李，只要有人来串队，物质相倾而出，毫不吝惜。这点我们后顺沟做得最为突出，众人俱称我们是绿林领袖，是黄土地上心肠最热的哥们儿；第三就属于我们集体的"创收"了，"创收"是这个世纪才兴起的词汇，但在20世纪70年代就已经被我们秘密使用了，是土地和饥饿赋予了我们后现代式的词汇灵感，我们真是了不起的一群人。所谓"创收"，简单说就是"捎带"，我们捎带的内容很丰富，这里不一一介绍。古人"为长者讳"，我们为自己讳，这里面有一个尊严和脸面的问题。

我们后顺沟知青点有五个人，张秀英、刘二东、李抗美、我和王小顺。村里老乡不叫我们的名字，按个头高矮当面叫我们老大老二，背后叫我们狼，饿狼，因了我们的出现，村里的鸡不断发生失踪事件，地里的野兔也少见踪影。

老五王小顺被农民们叫作"五狈",他个头最矮,小豆子一样的机灵,眼睛一转一个主意,一转一个主意。因了他的聪明好钻研被安排为赤脚医生。那时每个村都有不脱产的赤脚医生,说"赤脚"并不是光着脚不穿鞋,是来自基层农村的意思。毛主席有伟大的"6·26指示",要把医疗工作的重点放到农村去,赤脚医生是这个政策中很重要的一个部分,还有走中西医结合道路什么的。赤脚医生由各村推荐,在县卫生院培训三个月,回来就是大夫了,后来有个电影叫《春苗》,表现的就是赤脚医生的正确与高明,那些专家学者都是狗屁不通的屎蛋,一看长相就很不正经。

五狈的医疗水平有限,小病看不好,大病看不了,动辄还让人喝凉水败火,谁有病也不找他,他只能给大伙抹抹红药水,上点儿消炎粉什么的。卫生院给他配了一套亮闪闪的银针,长的短的,粗的细的,还有一个三棱的,尽管五狈很想试试这些针,但一直没找到自愿牺牲的对象。

五狈是他们家的老儿子,他上头还有一个哥哥。他哥是工总造反兵团的,因为喊错口号成了"现行",被关了,先说在里头神经发生错乱,后来说死了,病死了。五狈他妈是糊纸盒的,我们离开北京时他妈去送站,一头白头发,挎个小包袱,像个逃难的婆子。老太太因为曾经开过杂货铺,被划为小业主。小业主的成分比较尴尬,既不能团结也不能打倒,属于怪模式眼的一个团体,这就造就了五狈小业主式的灵动,会看风使舵,办事能做到脸不变色心不跳,往好听了说是"每临大事有静气",用老乡的话说是"揣着一肚子哈(坏)水水的碎sóng"。陕西话"碎"好理解,就是"小"的意思,只这个"sóng"比较生僻,就这个词我问过发财的爹,被那老头子拿权抢了出来。后来才知道,

"sóng"指的是男性精液里面的精子，用普通话翻译，王小顺就是个"小精子"。我们都认为这个创意太传神了，问题是这么独到的命名却被老乡们一带而过，在他们的嘴里，碎 sóng 小顺被叫作了"五狈"。

狈是狼群里的军师，一群狼里一旦出现了一只狈，那么这群狼就会无往而不胜，所谓的"狼狈为奸"就是指的这种情况。当地传说，有个农民去集上卖柴，天黑才回来，碰上一群狼，狼要吃他，情急之下，农民爬上了麦秸垛，在上头和群狼对峙。下头的上不去，上头的也不敢下来，僵在了那儿。这时，狼请来了一只兽，这兽似狼似狗，个头细小纤瘦，毛色黯淡，两眼放光，行走时将前腿搭在两只狼的背上，像坐轿。那兽呜呜地低吟，像是吩咐什么，须臾众狼散开，将麦秸垛严严围拢，各自从下头用嘴抽麦草。眼瞅着麦垛就塌了，农民大喊救命，恰巧过来几个赶骡子的，将那群狼吓唬跑了。赶骡子的说农民是遇上了狈，狈那家伙一肚子哈（坏）水水，比人还有思想。但是这只头脑灵光的动物有个弱点，前腿短，后腿长，勾子（屁股）撅得高高的，得搭在狼脊背上才能行动。有行动的没头脑，有头脑的没行动，老天爷的安排就是这么巧妙。

五狈小顺的腿跟狈一样也有毛病，走路有点跛，凡有人注意他的腿，五狈就解释说是小学上体育课从单杠上掉下来摔的，打着石膏住了几个月的医院呢！可是跟他来自同一个学校的老三说五狈一天医院也没住过，甚至不知道医院的大门朝哪边开，五狈的腿是小儿麻痹后遗症，跟单杠没关系，五狈打小就没上过体育课，一到上体育他就在教室自习。逢到这时，五狈会不紧不慢地说，毛主席说了，没有调查就没有发言权，你也不是我妈，你怎知道？

跛脚的五狈人小，一顿却能吃八张发面饼外加两碗汤面和半碗浆水菜，这些吃食堆在那里，小山一样能占据大半个案板，谁也想不来五狈那小小的肚子怎能装得下这一堆东西。五狈很孝顺，一个月给他妈写两封信，信里事无巨细，什么都说，有一次光对黑子的描写就用了两张纸，甚至还有图画附着。我知道，五狈的心里装满了悲哀和惦念，信写得越长，对妈妈的挂念越深。

揭发五狈的老三叫李抗美，他爹是"革军"，"革军"是革命军人的意思，李抗美的爸爸参加过抗美援朝，他还有两个弟弟，一个叫李援朝，一个叫李卫国。谁的父亲是干什么的谁就是什么出身，出身的问题一度在我们这一代人中很重要，"老子英雄儿好汉，老子反动儿混蛋"是当时很响亮的口号，几十年后回想起来，不知提出这缺德口号的后代是好汉还是混蛋。

"革军"出身的老三在吃上很有军人传统，一个字"快"，吃四盆盐拌捞面用不了二十分钟，吃相也颇不雅，连脑瓜顶上都是面条。四十年后我在电视上常见国外有赛吃会，几个青年男女坐成一排，在规定时间内看谁吃得多，日本一个不起眼的瘦小丫头在四十分钟里竟然吃了四十一碗纳豆米饭，那些碗摞得把她的脸都挡住了。看到这儿，我心里有些酸，想要是当年老三来比赛，他们谁也不是个儿。

老三吃饭不用碗，用盆，他那个盆是特意从刘河公社合作社买来的瓦盆，这样的盆农村是专用作尿盆的，成了老三的饭碗。一到开饭老三端着盆就往前抢，稀的干的使劲往里搂，让人恶心。大伙一见老三的盆就骂，说老三要是再让那瓦盆出现在锅台上，就要用烧火棍捣了。老三说反正也没盛过尿，只是模样不太好罢了，伟大领袖教导了，一张白纸好写最新最美的文字，好画最新最美的画图，他的瓦盆就是一张白纸，说它是什么它就是什么。老大说金猴奋起千钧棒，玉宇澄清万里埃，轮到她值日，

133

她早晚把那屎尿盆子扔沟里去。老三说，你敢！扔了我的饭盆我就用棒槌把锅捅漏了，不吃大家都别吃，玉宇澄清了，都喝西北风。

我在吃上也不含糊，记得我用一根筷子串着五块发糕，蹲在窑门口喝洋芋汤，黑子蹲坐在我对面，想的是我剩余的赏赐，当最后一口发糕填进我嘴里的时候，我看见狗的绝望与痛苦眼神几乎与人无异。老大吃饭不太跟我们抢，可也吃得不比谁少。老大有个木头箱子，搁在炕角，宝贝似的锁着，我们都知道那里头藏着老大的私货，比如珍贵的炒咸菜、炒黄豆什么的，过国庆节的时候她爸爸还给她寄过一包花生米，那是北京居民的配给，她们家没吃，都给她寄来了。听老大躺在被窝里偷偷吃花生米，我就大声嚷，窑里闹耗子呢！

老大就从被里伸出手，给我五六粒捻去皮的花生米。虽然都皮了，但仍旧很香。

五个人中值得一提的是老二刘二东。刘二东来自河北北京中学，学生们惯称"河北北"，是京城的一所好学校。本来他应该去内蒙古兵团，却偏偏要到陕北来，用他的话说是"一心要砸碎千年的铁锁链，为人民开出那万代幸福泉"，这是样板戏《智取威虎山》里的词，用在这儿有点儿反动，可没人跟他较真儿。他听说陕北缺水，受了小学课本"吃水不忘挖井人"的影响，决心要在后顺沟打出一口井来，改变这儿吃水要到沟底下挑的艰难。挑水上坡，对我们是太大的考验，轮着谁挑水谁都怵头，挑着两桶水一鼓作气地往上爬，中途没有任何歇脚的地方，那桶前高后矮，无法迈步，得侧身斜着一步一步往上挪。一不留神桶翻水洒，你就坐在半坡哭吧，哭到天黑了还得下去再挑。

老二家在河北献县县城以北的河间府，他和他爸爸在北京，他妈和奶奶住在乡下。别看他们老家地方小,名声却很大,著名的绿林好汉窦尔敦就出自那儿。窦尔敦的原名叫窦开山,小名跟刘二东一样也叫二东。京戏《盗御马》里的窦尔敦蓝脸红髯,绿衣皂靴,出场亮相,张嘴便是"将酒宴摆置在聚义厅上,某要与众贤弟叙一叙衷肠……"这是老二最爱的唱段,在老二连唱带做的演示下,我们想象得出窦尔敦那豪情与美丽!

听得多了,我们都会唱了。夕阳下,饿着肚子,我们坐在窑外面的空地上,集体高唱着"将酒宴摆置在聚义厅上",壮烈情怀无与伦比,比"临行喝妈一碗酒"要有气势。

在老二的讲述中,大家知道他家乡的大侠窦尔敦杀富济贫,大侠一度只身潜入御马厩,用熏香熏倒了守卫,用匕首刺杀了门丁,盗走了一匹皇家的"金鞍玉辔追风赶月千里驹",使绿林义士大受鼓舞,给了朝廷沉重打击。窦尔敦的仇人叫黄三泰,黄三泰的儿子叫黄天霸,他们跟窦尔敦比武使用暗器,属于不地道之流……

老二之所以对戏曲这般熟络,是因为他爸爸就是唱戏的,听说以饰演《盗御马》的窦尔敦出名。从老二嘴里我们知道,窦尔敦的脸谱最漂亮,衣饰也最鲜艳,总之,清朝的窦尔敦很了不起,相应的演窦尔敦的他爸爸也很了不起,他爸爸属于架子花脸,唱念做打都在行,老二对他爸爸崇拜无限。

五狈问老二爸爸现在还唱不唱窦尔敦,老二说现在改唱《红灯记》了。就问老二爸爸是《红灯记》里的哪一个角色,老二先说是卖粥的,后又说是磨剪子戗菜刀的,也说过修鞋的,无一定指,大家都很失望,伟大英雄窦尔敦沦为"革命群众"也还罢了,真当了"日本宪兵甲宪兵乙"的确很让人糟心。

县里每月要在公社给知青们演一场露天电影,内容除了革命京剧《红灯记》就是《地道战》，他们知道我们最爱看这两部片子，我们当然也是场场不落地走二十里山路去看，一来是可以和各点的知青相会，彼此交流经验；二来更可以在电影《地道战》里领略传宝的风采，在《红灯记》里寻找老二的爸爸窦尔敦。《红灯记》和《地道战》两部片子我们可以倒背如流，往往是演员还没有张嘴，我们的戏词就唱出来了。全体参与，银幕上下呼应，千山万壑随之震撼，场面很热烈，比现在拿着小荧光灯棒，在歌星的蛊惑下左右摇晃强之百倍。

二

应麦子的吩咐,胖女子给我做了糜子面油糕,油糕炸得很到位,金黄油亮,端上桌满窑都是香气。麦子把糖撒在油糕上,推到我跟前说,你们都爱吃这个,回北京再给你拿些,让他们都尝尝。

我说,不带了,北京只剩下我和老二了。

我没告诉麦子当年能吃的老二现在得了糖尿病,今年聚会时我见他,他说在打胰岛素,饭桌上这不能吃那不能吃,还自带了一个老婆给蒸的掺了麸子的黑面窝窝,自嘲地学着《茶馆》里的台词说,以前哪,是有牙没花生仁儿,现在呢,有了花生仁没牙了!

桌上的热油糕很诱人地发出滋滋声响,只有陕北才有这种糕,我在北京想念的也是这种糕。七十年代流行过几首新编老歌,有一首欢迎红军到陕北的:

热腾腾的油糕哎嗨哎嗨吆,
摆上桌哎嗨哎嗨吆,
滚滚的米酒送给亲人喝咿儿来巴咿呀吆。

都忘了,只记住了吃。

发财娶麦子那天我们吃的就是这种糜子面油糕,喝的是农家自酿的小米酒。那时候的麦子脸上油光红润,屁股圆滚紧俏,辫子粗得得用两只手攥,哪儿像现在这样干瘪,这样收缩,这样病病歪歪。我跟麦子说起了娶她那天的事,麦子说,几十年了,难得你还记着。

我说,怎么能忘呢,我们跟黄三泰的仇就是那天结下的。

麦子就笑,在笑容里闪出了当年的影子。

娶亲是大事。队长娶媳妇,村里人都去帮忙,婆姨们从头两天就开始张罗了,缝了里面三新的被子,剪了喜鹊亲嘴的窗花,窑壁刷得白崭崭,玻璃擦得亮光光,新房里弥散着一股上海"绿宝"牌的香胰子味儿。南边窗台上立着从延安买来的圆镜子,镜子背后有工农兵无限喜悦的形象,女农民抱着一捆麦穗,男工人举着铁锤,那个兵站得最高,背着一杆枪。镜子旁边搁了一把很有小资情调的塑料粉梳子,梳子的齿很宽很大,在当时绝对是稀罕物件。窑后壁桌子上摆了一溜公社革委会送来的毛主席"红宝书",宝书上烫着金字,用红布条扎着,很是醒目。窑门上挂着白门帘,门帘上绣着葵花向阳图案,是村里女子们的奉献。门后头脸盆架上有大队妇联送的搪瓷脸盆,盆上烧着鲜红的毛主席语录:"我们都是来自五湖四海,为了一个共同的革命目标走到一起来了。"用农民们的直接理解就是刘发财和黄麦子为了一个共同的目标睡到一个炕上来了。

一切准备停当,净等新媳妇入住了。我的情绪有点儿低落,明明知道自己是调侃,明明知道自己和一个陕北生产队长不会出现任何感情纠葛,心里还是酸酸的。发财当然不知道我的心思,学时髦,想让我给麦子当伴娘,我还没说话就让老大给拒绝了,老大说伴娘得娘家人才行,要跟女方熟识的,我们也不认识什么麦子。要伴郎我们可以出,王小顺正好……发财看了看踮脚的五狈,直咧嘴。我说,你咧什么嘴?这样漂亮的北京帅小伙给你当伴郎,打着灯笼也找不来!

发财说,没有伴娘我要伴郎做甚,五狈往旁边一站人家以为是仨人结婚。

沟对岸传来杀猪的声响,响动很大,把我们的肠胃勾引得都很激动,想着那猪心猪肝猪肠子,想着那三指膘的大肥肉,大伙真有点儿坐不住了。老二说,妈妈的,天天有人结婚才好。

五狈说,没有猪结一百个婚也没用。

娶亲那天早晨,我们谁也没吃饭,一来是给肚子腾地方,二来是我们也没什么吃了。昨天下午我和五狈做饭,用炕笤帚扫了面口袋,没扫出一把面,只好一人配给了一碗浪打浪的蒜薹疙瘩汤。蒜薹是五狈上河对面捎带回来的,老了,下头都结了小蒜,被我切成碎末煮了,要不咬不断。最让人倒胃的是炒鸡蛋,五狈拔完蒜薹又将各家的鸡窝拜访了一遍,揣回来十个鸡蛋,本来十个鸡蛋甩在疙瘩汤里也不错,五狈偏要吃炒鸡蛋,就依着五狈,因为鸡蛋是他弄来的,他说了算。十个蛋摊在没有一点儿油的锅里,立刻糊成一个硬疙瘩,腥气冲天,让人一闻就恶心。好在这样的饭食弟兄们已经经历过无数次,都有"处变不惊"的心理素质,谁也没有对蒜薹汤和腥鸡蛋提出异议。五狈端着碗看着我一脸坏笑,说发财家的醋不知准备得够不够。

在我们翘首以盼大吃一顿的时候,老大将从家里带来的新被面拆了下来,就是她每天盖的那床枣红线绨被面。"线绨"是一种什么纺织物我至今搞不清楚,近乎软缎又不是软缎,亮闪闪的很辉煌,比一般的布绝对高级。老大到底是老大,比我们想得周到,到人家吃婚宴,不比平时蹭饭,怎能空着手去,一群人高马

大的后生、女子，张嘴就吃，寒碜不是！

近中午，新娘子搭着红盖头穿着红袄红鞋，坐着戴红绸的骡子来了，呜呜哇哇的唢呐声，噼里啪啦的鞭炮声震得山峁的雀儿乱飞，半天落不下来。娘家来送亲的是麦子的三哥黄三圈，黄三圈穿着一身崭新黄军装，戴着黄军帽，像个退伍军人。

沟那边吆喝我们过去吃饭，大伙早等着招呼，一窝蜂地往坡下跑，黑子蹿在最前头，顶后头还跟着我们那头喂了不到两个月的约克夏白猪。一伙人众，踢里哐啷，将坡道上的浮土踢起多高，远望着像是开下来一辆铁甲车。我喊住了正在奔跑的伙计们，让大家端庄一些，矜持一些，不要土匪般的"轰轰烈烈下山冈"，让人看着像是演窦尔敦。老三说要抢占有利地形，去晚了没好地方了。

我说，吃席还带着狗跟猪，倾巢而出，让人看咱北京人就这么掉价？

大家一看那白猪黑狗都乐了，说一下没看住，这俩货怎么跟出来了。就把狗和猪往回轰，两个都不愿意回，哼哼唧唧在后头蹭。老三抓起土坷垃朝猪砸过去，猪摆摆脑袋又跟上了。老二冲着黑子吼，滚回去！

黑子聪明，知趣地停住了脚步。

走下坡，我们看见黑子叼着猪耳朵往圈里拽，老三说黑子表现不错，得给它带回块骨头奖励奖励。五妮说，你以为黑子跟你一样单纯吗？

果然，我们刚走上沟里的过水石，黑子就跟上了，它把猪拉回去，自个儿来了。老三踢了黑子一脚，黑子欢乐地嗷了一声，跑进村了。

婚宴在发财家的场院里，西南角搭起了棚，专门有厨子在操持，大笼屉冒着热气，油锅滋啦滋啦响，很有些解馋的气氛。有婆姨将我们领到该坐的位置上，大家看出来了，除了几个本村的半大小子，没人愿意和我们坐。宴席分慢桌和快桌，这是我们的叫法，实际就是主桌和次桌。慢桌上是新人和有头脸的人物，吃得缓慢斯文，快桌就是抢了。我们当然是快桌，村里几个半大小子早坐那儿等了，八盘凉菜已经摆在桌上，盘子大，量也不小，红红绿绿还很好看，细瞅却让人有点儿失望，除了拌萝卜丝还有拌洋芋丝、拌粉丝、拌海带丝……唯一一道荤的是拌猪耳朵，耳朵也被切成细细的丝，那刀功在乡间算得上一流。老二在凉菜中寻觅猪头肉，他认为蒜拌猪头肉在他们老家是席面上必不可少的内容，窦尔敦和弟兄们在叙衷肠时候吃的也必是拌了蒜汤的大片猪头肉，就谈论起了窦尔敦们"将酒宴摆置在聚义厅"遗留在河间府的饮食传统。老三嘟嘟囔囔问邻座，肉都哪儿去了，邻座小子说猪留了半扇，送亲的黄三圈要带走。问是不是陕北的规矩，小子说不是，是黄三圈为前顺沟争取的。

大家就说这个黄三圈真不是东西。五狈说黄三圈眼珠是黄的，头发是黄的，手指甲都是黄的，整个一个黄三圈。老三说他一来就看出来了，黄三圈那身黄军装是借来的，衣裳号码跟他本人差着两个号，借了衣裳没借鞋，看看黄三圈脚上那双方口大洒鞋吧，把什么底儿都露了！老三生长在部队，深谙部队配置，于是大家对老三的判断便深信不疑，都认为黄三圈的复员军人是假冒的。老二说，什么黄三圈，就是个黄三泰，早晚让我给揍扁了！

五狈不甘示弱说，黄三圈遇到我手里，先给他的头顶命门扎一根三棱子针，放倒了再说。

有公社领导红宇宙在讲话，其实是在大段背诵毛主席著作，以显示自己的专业水平，听说他就是靠着会背毛著上台的。红宇宙原名叫贾宝贵，是公社的会计，"文革"造反当了领导。当了领导就嫌"贾宝贵"太土，太"四旧"，太跟不上趟，但是他的"贾"姓实在不好取名，"贾革命""贾文革""贾卫东""贾造反"，无论叫什么都是"假"的，索性连姓也改，改彻底，叫了"红宇宙"，红得要命，大得无边，张扬得有些不知所以。大家听着红宇宙背那些熟得不能再熟的"白求恩同志是加拿大共产党员，不远万里来到中国……"看着那些凉菜，都在算计哪个离自己最近，先夹哪个最划算。在沉闷的"脱离了低级趣味的人"之后，红宇宙的声音突然一下提高了八度，让大家要"下定决心，不怕牺牲，排除万难，去争取胜利"！

我还没回过神，众人已经行动起来，原来"排除万难"就是"开吃"的信号，久经锻炼的村民已经熟谙了什么语言代表着什么信息，绝不会差错半分。这一开吃，我才知道了同桌小子们的厉害，才真正领略了什么叫"迅雷不及掩耳"，什么叫"疾霆不暇掩目"，八个菜，我刚夹了一筷子红萝卜丝，桌面就被扫荡得"地覆天翻慨而慷"。

不愧"快桌"称号！

盘子撤下，出现长时间冷场，大家在等待热菜的到来。慢桌上还在推让，红宇宙在说："毛泽东同志是当代最伟大的马克思列宁主义者，毛主席的伟大思想，是指导世界革命人民前进的灯塔，我们要活学活用毛主席著作，在用字上狠下功夫……"

我在想，一场运动，怎把个好端端的会计贾宝贵弄成了这样。

新人过来敬酒，自酿的酒没有滤过，酸中带甜，稀粥一样，一喝就是一碗。新郎发财关照我们悠着来，说米酒劲大，上头快，别喝趴下。新媳妇麦子一脸羞涩，跟在发财后头也不说话，只是笑，脸上深深两个酒窝，很是温顺可爱。发财、麦子两个站在一起，倒也显出天生一对的般配，大家就说些地久天长的话。发财让大家放开肚子吃，老二用筷子在桌上敲出一通鼓点说，吃什么吃？猪头肉呢？

发财回头看了一眼麦子，麦子还是笑。发财说，场面上就是这样，没法子，赶明儿我给你们另补，行了吧？

老三说，说话算话，拉钩！

两个就拉了小指头。

热菜上来了，一碗一碗的蒸碗，上一个碗，我还没看清楚是什么，几双筷子就抄了进去，轮到我只剩下一块沾了点儿油花的垫底洋芋。第二碗还没搁到桌上，就被人"空中取物"取走大半……这种吃法，连善于用瓦盆搂抢的老三也有点儿傻眼。一看便知，北京知青远不是乡村孩子们的对手，人家练的是童子功，从小在这种场面历练出来了，筷子头上做到了稳、准、狠。第三碗上了一大碗条子肉，大家欢呼着站起来迎接，我和老大只隐约看了一眼就被挤了出来，当我们力拨众人，低着脑袋再钻进去的时候，桌上除了一个空碗，连汤儿也没了。

老大说，平时都是抬头不见低头见的，到了这会儿怎么谁也不认识谁了呢？

五狈学着红宇宙的腔调说："革命不是请客吃饭，不是做文章，不是绘画绣花，不能那样雅致，那样从容不迫、文质彬彬，那样温良恭俭让。革命是暴动，是一个阶级推翻一个阶级的暴力行动。"

所幸糜子面炸油糕管够，黏糜子那特有的香甜弥补了没吃着肉的遗憾，我们都吃得不少，严格计算是吃了三笸箩。我们的饭量让前顺沟送亲的黄三圈看得直瞪眼，对发财爹说，北京人咋这能吃？

145

发财爹说，平时油水少。

黄三圈说，一群狼！

老二没吃多少菜却喝了不少酒，借着酒劲儿晃着膀子走到黄三圈跟前说，黄三泰，老匹夫，你没见过爷的这种吃法吗？

黄三圈眨巴着眼睛正思谋"黄三泰"和"老匹夫"的含义，老三跟过来说，你说谁是狼？告诉你，老子就是狼！老子吃得再多也没吃下半扇猪，你小子留神撑得得噎嗝！

老三这话说得有点儿歹毒，什么是噎嗝，噎嗝就是食道癌，是咒人的话，黄三圈当然听得懂，站起身就要耍威风。红宇宙说道，伟大领袖毛主席教导我们说："国家的统一，人民的团结，国内各民族的团结，这是我们的事业必定要胜利的基本保证！"

老三说，毛主席还说了，革命不是请客吃饭！

黄三圈说，现在是婚礼，不是革命。

五猴说，你反动！

大家对黄三圈的印象非常之坏。我们当下决定集体撤离宴席，反正后头也没什么好吃的了。就在我们撤退时，黑子出了问题，它和一条前顺沟过来的黄狗闹上了恋爱，并且进入了爱情的实质阶段。黄狗骑在黑子身上，把小母狗压得嗷嗷叫唤。是可忍，孰不可忍，知青们的象征意识非常强烈，在那一刻，大黄狗就代表了黄三圈，黄三圈就是黄三泰，代表了自私自利的邪恶势力，光天化日之下，我们的黑子被黄三泰强奸了！了得！

老二老三老五不容分说，立刻冲了过去，冲着黄狗就踢。黄狗悲惨地拉着长声叫唤，死活不与黑子分开。也是知青们缺乏经验，后来才知道交媾的狗一时半会儿是拉不开的，公狗的生殖器带钩，母狗的阴道有圈，锁一样地锁住了。

本来参加婚礼的人谁也没注意这一幕，让老二老三们一折腾，黑狗黄狗就成了中心，吃过饭的人们正想找乐子看，闹洞房还早，看狗性交恰到好处。

两条狗交着尾，加上人的干预，人狗在场院乱作一团。

发财爹拉过红头涨脸的五狈，说他们是吃饱撑的，管狗的逑事。五狈毫不含糊地说，我们的黑子才六个月，还是处女，不能让黄三泰这么糟蹋！

来客们大笑，黄三圈笑得尤其开心，好像他真的占了便宜。场面很尴尬，带头闹的是老二，我从后头给了他脖梗一巴掌，大声呵斥，回去！

也是弟兄们都想下台阶，没谁说什么，收了阵势都跟在我后头往回走，我们不敢回头，用后背掩饰着我们的难堪。没有谁再去招呼黑子，任它当众去出乖露丑。我们身后传来一阵阵哄笑，其中黄三圈的声音最响，用五狈的话说，那声音是黄色的，充满了挑衅。

那一夜，黑子没有回来。

四

　　黑子是第二天傍晚才回家的，似乎也没什么不好意思，没心没肺地往人身上扑，一如既往地和每一个人亲热。大家都离黑子远远的，谁都不愿碰这个被玷污了的"少女"。

　　黑子转了几圈，觉得没什么意思，屁股一转，又没了踪影。

　　老二说，它才多大，就会干那事，真他妈流氓狗。

　　老三说，饿狗日的三天，不给它饭吃！

　　果真饿了黑子三天，也没见黑子饿得怎么样，似乎活得比我们还舒服自在。相反我们却郁闷得厉害，在婚礼上露怯的事一阵风似的传遍了全公社，都知道后顺沟的知青反对公狗母狗打连连，都知道后顺沟知青的"处女"狗被"黄三泰"强奸了，丢了大面子。前顺沟的知青们过来慰问我们，说那条黄狗是黄三圈家的，彪悍霸道，在村里想强奸谁就强奸谁，母狗们没有敢拒绝的。黄狗是标准的细狗，不叫唤，沉默寡言，善奔跑，速度不亚于非洲豺狗。中国细狗最早产于山东梁山，有皇族血统，自汉朝以来就是官廷狗，清代郎世宁的画里面，清宫狗大都就是这种狗。黄三圈的复员军人也不是假冒伪劣，是真正从西藏高原下来的汽车兵，拿过三等功，受过嘉奖，目前是前顺沟支书，也是公社革委会成员。

　　我们听得都有些目瞪口呆，没想到一只破狗竟有这么多名堂，没想到高原下来的汽车兵竟是这副德性。

老三说，西藏军分区开汽车的大概是没人了，这样的货都能立功，咱能当他们的司令！

老大说，那狗敢情是上了谱的，皇上的御用狗。

老二说，那不是御狗，看那线条简直就是一匹御马，是追风赶月千里驹。

五狈说，什么御用狗，都是封建主义残渣余孽，你们怎长他人志气灭自己威风，狗就是狗，不报仇雪恨我就白叫了五狈！

老大问他怎么报仇雪恨，五狈从裤腰里抽出驴缰绳说，盗御马！

原来众人跟狗打架时，五狈对那条狗已经起了杀心，捎带来饲养员的绳子，是复仇行动的开始。大家认为五狈的主意最到位，那条黄狗越是血统高贵，越是美丽高傲，越是不应该活着，不杀不足以平民愤，一时杀声四起，我们都陷于"盗御马"的情结当中，尽管我们盗的是狗不是马，但是御马和御狗在我们的心里已经完全是一样的了。

漫漫的日月，平淡沉闷，总要制造出点波折才好。大家为这一想法而激动，而兴奋，前顺沟的知青奋勇充当卧底，就是充当杨子荣的角色，这是必不可少的环节。主意已定，男生们对着前顺沟方向齐唱革命样板戏《智取威虎山》选段："座山雕吐，看你横行霸道还能有几天？"

日子一天天在无聊中度过。无聊中，我们寻找着机会。

知道我们断了粮，发财很仗义地给我们送过来二十斤杂面和半个熟猪肺，大概算作那天婚宴的补偿。杂面是绿豆、荞麦和小麦的混合，陕北人用它做一种叫作"抿尖"的饭食，就是烩锅面的变种。我们自然是十分感激，男生们将发财拉到一边，问他新婚感觉如何，发财说妙不可言。男生问怎的妙不可言，发财说，谁娶了婆姨谁知道。

说起那天的狗仗，发财说，怎能全怪黄狗，你们的黑子骚情得也够可以，它不挑逗人家，人家也不会干它，母狗不摆尾，公狗不上墙，这是再简单不过的道理。

大家对此持否定态度，一口咬定就是强奸。发财说，强奸就强奸，sóng 述事情！

发财问我们拿没拿他爹的缰绳。五狈说，你爹还用缰绳拴吗？

发财扑过去要打，五狈踮着脚边跑边喊，要文斗不要武斗！

发财伴追了几步，折回来，从怀里摸出一张皱巴巴的纸，让老二填，说老二当了积极分子，要到县上开会。老二问开会期间可不可以吃到炖肉，发财说大概没有，去年他去县上民兵比武，体力活，连碗羊肉泡馍也没吃上。老二说，吃不上肉当述积极分子，谁愿意当谁当吧！

我替老二接过那张表，撅平了，搁在炕上说，老二不当积极分子就没人能当积极分子了，他的"愚公移山"精神让我们感动，他对毛主席的伟大思想理解得比我们深刻，他是我们后顺沟知青的骄傲。

发财就让我替老二填表。

老二当积极分子是有原因的，他利用空闲时间一直在"为人民挖井"。打井是他来陕北的初衷，他认为有必要这样做，这是他今生的使命。别人都觉得他异想天开，没人帮他，老乡说后顺沟的土是黄土地上最厚的土，打一百丈也见不到水。陕北有的地方修水窖，把雨水收集起来，黄龙、宜君、延川的人都这么干，但问题是后顺沟除了汛期沟里发水，常年几乎不见水，地干得冒烟，修水窖是白搭，打井更是白搭。老二不为所动，每天挖井不止，一边挖还一边唱：

明知征途有艰险，越是艰险越向前。
任凭风云多变幻，革命的意志能胜天。

村人都认为老二挖井魔怔了，知青们则认为，挖井是老二个人的理想，别人不必干涉，就像有人要开汽车，有人要造反，有人要背"老三篇"，有人要生一群儿子，这是太自然的事情。红宇宙到村里来检查工作，吃了两大碗麦子做的搅团，打着饱嗝坐在炕桌前发愣，发财爹就将"老二挖井"当笑话说给红宇宙解闷。红宇宙听了说，这是后顺沟知青学习毛主席《愚公移山》的典范，愚公挖山不止，"这件事感动了上帝，上帝就派两个神仙下凡，把两座山背走了……我们一定要坚持下去，一定要不断地工作，我们也会感动上帝的。这个上帝不是别人，就是全中国的人民大众。全国人民大众一齐起来和我们一道挖这两座山，有什么挖不平呢？"

发财爹说，愚公是挖山，老二是挖井，一个往平里整，一个往地底下整，不一样啊。

红宇宙说，性质是一样的。明天你们支部写份材料给我报上来。

发财爹恨不得抽自己一个嘴巴，这张嘴说点儿什么不好，非要说挖井，给自己惹来一身事。老实巴交的农民，连名字也写不全，还要整材料，比天狗吃月亮还难。发财心眼细，替他爹把这个活应承下来。实际上，老二的先进材料是我给整的，我用了三个白天两个晚上，写了三万字，相当于现在一个小中篇，材料中，我把老二写得比愚公还愚公，念给老二听，老二不知我写的是谁。

那大概是我小说创作的最早练习。

老二宁可当窦尔敦也不当愚公，死活不填那张表，我批评老二"不识抬举"，老二说他不要谁抬举，他现在想的是怎么把"御马"盗出来，这是比打井还要紧的事。我说，当了积极分子将来招工是太好的资本，别人想要还要不来。

老二说，这样的话不像是从共产党员嘴里说出来的，我怀疑你的党员身份跟黄三圈一样。

五狈说，老四说得对，走出一个是一个。

招工是我们梦寐以求的奢望，下来两年了，县上只招过一回学徒工，是到国防工厂当工人，国防工厂在秦岭深山，叫晒蛇坝，听这名字就知道准是个兔子也不做窝的地方。但那个时代要求我们要"备战备荒为人民"，要"深挖洞，广积粮"，我们时刻处于戒备状态，好像全世界的人都要打我们。国防厂在全县招两名，报名的有两百，真正的百里挑一。最后走了两个，一个是学《毛选》标兵，一个是基干民兵队长，两个都没有"盗御马"的经历。

发财搁下杂面前脚一走，老三后脚就要和面做饭，并且点着名要吃"燃面"。"燃面"是陕西话，就是不带汤的干面条。老三让五狈到村里再捎带些蒜薹来，说这几天蒜薹下头的小蒜长得恰到好处，嫩蒜蘸面，吃饱了找"黄三泰"去打仗。老大一听老三要吃蒜蘸面，立即趴在面口袋上，将那些面护在身底下，就这点面，她怕老三一下吃光了。老大是个仔细人，在生活上，她比我们有理智，比我们清醒。

老二是吃派，帮着老三把面口袋往外拽。老三说，自打过了年，咱们就没吃过一顿饱饭！

老大说，咱们不是饿，咱们是肚里没油水。

五狈蹲在墙根，看着争抢的老大老二老三，有些悲怆地说，为了一顿面，这是干吗呀……他狗日的刘发财，弄块烂猪肺来糊弄人，怎不给爷送一百斤豆油来！

我说，有一百斤油先把你炸了。

五狈说，我想吃炸油饼。

很长时间谁也没说话，老三们也停止了抢夺，我们都想念起了北京早餐摊上的炸油饼，油饼有糖的有咸的，八分钱，一两粮票，喝一口豆腐脑，吃一口炸油饼……神仙过的日子！

晚上大家吃的是荠菜汤面，荠菜就是我们窑顶上的野菜。西安南郊武家坡有唐朝王宝钏的寒窑，王宝钏在寒窑等了丈夫薛平贵十八年，没有任何经济来源，为了维持维他命的平衡只好挖野菜吃，听说至今寒窑附近没有野菜生长，都让王三小姐挖完了，绝了种。我们跟王宝钏好有一比，我们五个人三年吃的野菜量应该不比王宝钏十八年吃得少，所以我们周边的野菜菜源变得贫瘠又稀薄，想吃需努力寻找。我们都坚信，不离开这里便罢，离开了，这里也会像武家坡一样，再不长野菜。

那天晚上，让老大耿耿于怀的是发财送来的那块煮猪肺不见了。躺在炕上，老人半宿睡不着，不安地说，内部出现这种事不是好兆头，得赶紧开会整顿纪律，兔子还不吃窝边草呢，咱们不能自己吃自己。

我说，猪肺不见了，老二和五狈也不见了，临睡前我到猪圈那边看了，黑子也不在窝里……

天快亮的时候，院里一阵响动，黑子叫唤了两声，我懒得起来看，翻身又睡了。老大睡得比我死，早晨老三在外头一惊一乍地叫唤也没把她吵醒。

从外头飘进一股腥气。

推门出去看,三个男生在收拾狗,剥了皮的狗高高挂在树杈上,吊得老长,甚不好看。狗内脏被掏出来扔在了一边,红的绿的紫的,色彩斑斓。狗皮摊在石碾子上,黄毛上满是血迹,一看便认出是那只"追风赶月"的御狗。老二用青草擦着手上的血,正得意地跟老三述说"盗御马"的经历,先是感念黑子的"骚",说没有骚黑子引不出"黄三泰",黑子的小胯一扭,尾巴一撅,任哪个狗也得动心;其次感念发财的猪肺,没有这块荤腥"黄三泰"不会凑到跟前来,食色性也,这是人生最难过的关,狗生也是如此;最应感念的是五狈的灵活决断,那条驴缰绳在这个时候派了大用场,不是五狈的手疾眼快,绳子套不住"黄三泰"的脖子……五狈谦虚地说,我那叫什么,没有老二泰山压顶的力气,骑到"黄三泰"身上,"黄三泰"也勒不死。

看两个站在死狗下头厚颜无耻地互相吹捧,我有种窦尔敦《盗御马》和《时迁偷鸡》的混合感,两出戏混在一块演,有《关公战秦琼》的绝妙。

老三对没能参与其中大为不满,"革军"的后代在战斗的关键时刻怎能退缩?老二劝老三不必遗憾,说窦尔敦盗御马就是一个人干的,小小一条狗,犯不上兴师动众。老三为了表现自己,承担了所有后续工作,在我们出工前将狗的油与肉分开,将狗皮埋在猪圈旁边,取来细土,把树底下的狗血掩了,一堆心肝肺,掂到后沟去喂狼。黑子还穷追不舍,老三挑出鲜红美丽的狗心丢给黑子,黑子想也没想,张嘴就咬,吃得很美,一点儿没有顾忌到那是它情人的心脏。

畜生就是畜生。

饥而思食，自然之性。此时此刻我不能指责我的同伴们，大家千里万里地来了已是不易，我是他们中的一分子，大家需团结合作，不能苛求手指一般齐。

我对老二说，这不是一只鸡、两把蒜，有点儿过了，下不为例。

老二用京剧韵白跟我转词说，大行不顾细谨，大礼不辞小让，吾辈自有主张。

听着老二深厚醇美的花脸道白，我想，这个老二来挖井是可惜了，他应该跟着他的爸爸去唱窦尔敦，那才是真正的家传。

那天队长派的活是到崞上锄玉米，道挺远，中午回不来，在家做饭的活就留给老二和五狈，其实是含有照顾的意思。

五

事情的败露在于老二和五狈的缺乏含蓄与不够矜持,在于我们的少年张狂。

山峁上,后顺沟男男女女劳力七八个,锄了大半晌玉米,正午时候都在土崖阴凉处坐了,个别人带了饭,一碗泡浆水菜、两块杂面干馍馍,大部分人和我们一样,只是喝水,歇口气儿,真正的饭下工回家再吃。

太阳当头,晒得人浑身出盐粒儿,又渴又饿,有些百无聊赖。麦子也在我们中间,她在"害喜"。"害喜"是当地话,用五狈的医学语言是"妊娠反应"。麦子不断地往地上吐口水,脸色也不好,我看见发财偷偷摘了几个野杜梨给她,她不要,扭过脸去不理发财。发财很尴尬地把那小酸果填进自己嘴里,酸得挤眉弄眼。人们开始拿麦子和发财开玩笑,问他们在炕上下种的情况,农民甲问这回下的种是队长的还是支书的。麦子把头搁在膝盖上,一声不吭,发财抓起一把土朝农民甲扬过去,一碗酸菜没法吃了。

天太热,在大家沉闷得昏昏欲睡的时候,老二和五狈唱着酸曲上来了,两个人一唱一和,人没到声音先早早飘过来了。

过了回黄河就没喝上一口口水,

交了回朋友就没亲上一个个嘴，
搭了回伙计就没一搭搭睡，没一搭搭睡，
你看这事情后悔嘛不后悔。

　　什么叫"野调无腔"，这就叫真正的"野调无腔"，没有旋律，完全是扯开嗓子直吼，想怎么拐就怎么拐，想拉多长就拉多长，听得人只想堵耳朵。老三直起身往崩下望，说这俩货不在家睡觉，大老远跑这儿来干什么？老大躺在地上，枕着锄把，眼睛也没睁说，没好事。
　　我也感到突兀，凭两个人那按捺不住的兴奋声调，我预感到了今天要发生点什么。
　　随着歌声蹿过来的是黑子，黑子永远处于一种兴奋状态，老乡说这是半大狗的特有状态，可能就相当于人的十六七岁，处于青春期的躁动之中。黑子跟每一个人都打了招呼，最后扑到老三怀里，仰着脖子舔老三的脸，被老三一把推开说，这身上什么味儿？
　　大概他想起了被黑子吃掉的"黄三泰"的心脏。
　　老二和五狈的出现成了休息人们的兴奋点，两个打扮成了《地雷战》里渡边鬼子偷地雷的模样，一人头上系了一条花毛巾。一个挎了篮子，一个提了瓦罐，扭扭捏捏地作态，完全是两个"花姑娘的干活"。人们看着这两个作怪的"活宝"，笑得直不起腰来。
　　"花姑娘"让人吃惊，"花姑娘"送来的午饭更让人吃惊。篮子里是满当当的炸油饼，瓦罐里是油汪汪的狗肉汤，那香味让田地里的人将篮子和瓦罐围了个风雨不透。知青的就是大家的，我们没有理由拒绝任何人，七八双沾满泥土的手伸向了篮子，伸向了黄土地上太难见的饭食。

发财撕开一张油饼,看了看里面的面说,昨天才送去的杂面,今天就大吃特吃,明天不活了吗?

五狈坚定地说,不活了!

麦子捏了一块油饼,闻了闻,眉头立刻皱成一个疙瘩,来不及说话,跑到一边哇哇地吐去了。我咬了一口炸油饼,初始也觉得味道怪,吃了几口便被香味吞没,什么怪味也吃不出了。吃着吃着,我的表情严肃起来,明白了,我现在吃的是中国饮食的千古奇绝,狗油炸油饼。

农民们吃过炸油糕,没吃过炸油饼,他们头一回知道杂面原来也可以这样做,于是纷纷向五狈们获取经验。老二和五狈大言不惭地给大伙介绍,面如何半发酵,怎么使矾,油饼擀多厚,如何用麦草柴控制油温,说得唾沫星子乱飞,把个炸油饼的工艺搞得比卫星上天还复杂。末了说了句最不该说的,关键得油多,让油把饼子漂起来才能炸酥炸透,油少了不叫炸,叫煎。

农民甲说,把饼子漂起来,得多少油哇!

老二说,所以,我们也不常吃。

肉汤比油饼更对味,一罐汤一人喝两口就没了,都夸这汤做得好,油水足,赶得上县城"东方红"饭馆的水平了。五狈得意地说,"东方红"算什么,我们的汤里头放了一大把花椒大料呢,生姜鲜嫩鲜嫩的……

农民甲说,你的姜准是从我屋后挖的,全村就我种了姜。

五狈说,咱们头顶的天是社会主义的,咱们脚下的地是社会主义的,咱们知青也是社会主义的,你的姜当然更是社会主义的。

农民乙扛起锄就往回走,发财说西边还有一片没锄完,农民乙说他得赶紧回家,看看他屋里的狗还在不在。

知道了油饼是狗油炸的,都有些反胃,麦子借机吐得翻江倒海了,其实都是心理作用,油饼并不难吃。

发财问五狈套了谁家的狗,五狈挺着胸脯说他向毛主席保证,他谁家的狗也没套,村里的狗都跟他熟得什么似的,他怎能对熟人下手。

发财搡了五狈一把说,你个哈sóng,真出了事别指望我帮你!

老二说,我们套的是野狗,过路野狗,串到我们窑门口了,谁也不认识它,哪能放它走。

发财说,你干脆说串到你们锅里不更简单。

农民甲舔着嘴边的油汤说,说是接受贫下中农再教育,贫下中农遇上这些货也是没辙。

那只黄狗让我们吃了好几顿,还请了一次客,招待前顺沟的知青们,"将酒宴摆置在聚义厅上",大家围坐在石碾子旁,一遍一遍地干杯,大口大口地吃肉,挺痛快。

那几日,我们的嘴老是油汪汪的,脾气也相对的好,见了村里的老人都热情打招呼,队长给分的活,我们再不挑肥拣瘦,完成得认真而圆满。

老三的坚壁清野工作做得很到位,在我们这儿,绝查不出半根狗毛和与"黄三泰"有关的一切物件,那些扔到后沟的内脏,早被各种野物拉扯得不见丝毫,剩了白茫茫一片大地真干净。

心系一处,守口如瓶,大家都体会到了共守秘密的快乐。

老二的井已经挖了一人多深,他说底下见到了潮土;我们对此表示了祝贺,希望他的井水早一天喷涌如泉,以解百姓倒悬之苦。五狈在苦钻《赤脚医生手册》,在自己身上大练针灸,把自己扎得跟刺猬似的。我的长处是作诗,坐在窑洞门槛上写了一首又一首广阔天地大有作为的长诗,红旗飞舞,歌声嘹亮,波澜壮阔，豪情万丈，总之，两脚踩不到地上。老大用钩针钩桌布，钩窗帘，钩了一块又一块，都搁她的箱子里收着。五狈说老大是在钩嫁妆。老大头也没抬说，老四作一首诗，我钩一块桌布，再过俩月，老四的诗没了，我的桌布还在呢。

没有不透风的墙，我们吃狗的事渐渐地播散开来，前顺沟知青递过来消息，黄三圈准备来找我们算账。

五狈理直气壮地说，他算什么账？证据呢？毛主席说了，"闭塞眼睛捉麻雀，瞎子摸鱼，粗枝大叶，夸夸其谈，满足于一知半解，这种极坏的作风，这种完全违反马克思列宁主义基本精神的作风，还在我党许多同志中继续存在着"，黄三圈同志就是其中一个。

老三对自己的坚壁工作充满信心，说黄三圈再怎么没水平也是部队下来的，重证据，重调查研究，他应该懂，逮不着证据来要狗就是无理取闹。他无理取闹能闹过咱知青吗？不能。

老二的做法属于窦尔敦式，窦尔敦盗了马之后在墙上写下"盗马者黄三泰"的栽赃字迹，跟《水浒传》"杀人者打虎武松也"的好汉武松相比不够坦荡，这大约也是河间府人的局限。窦尔敦之后二百年的刘二东终没有跳出窦尔敦的路数，用毛笔写了一段毛主席语录，挂在树下醒目位置，语录上说："这个军队具有一往无前的精神，它要压倒一切敌人，而绝不被敌人所屈服，不论在任何艰难困苦的场合，只要还有一个人，这个人就要继续战斗下去。"

表明了窦尔敦一族同仇敌忾的战斗决心。

老二去县上开积极分子大会第二天，黄三圈来了，带着他的两个弟兄，说话不太硬气，问我们看见他的黄狗没有。我们说没有，我们说谁看见那黄狗简直是见了鬼了。黄三圈就给我们说他黄狗的贵重，说黄狗的优秀和与黑子的友谊，说着说着黄眼圈就变红了……

我们当然不为所动，漠然地听着，我们知道，在黄三圈讲述对狗的思念之时，他的两个兄弟正在窑里窑外寻觅，寻找黄狗的蛛丝马迹。黄三圈是聪明人，应了五姨的说法，他不能"闭塞眼睛捉麻雀"，不能随便诬陷，他得找到证据。

我们是谁，我们是毛主席的红卫兵，从皇城根来到黄土地，是见过世面的，岂能在一个黄三圈的三言两语前露出破绽？众弟兄镇定相对，除了对三圈丢狗表示同情，还答应顺便为他寻找。

发财过来找他的大舅子，其实是过来看看事态发展情况，看黄三圈和他的弟兄们十分失望，就拉他们过河去喝酒，说那边菜都整顿好了。

老三客气地说，您过去喝酒我们就不陪您了。

在黄三圈转身离开时，事情发生了大逆转。

黑子，还是我们的黑子，此刻不知从哪里钻了出来，在猪圈旁边使劲地刨。那才叫真正的鬼使神差，黑子那一刻的执着，那一刻的忘我，已经完全不能用一条狗来概括了，为同类伸张正义，畜生也是责无旁贷的。黑子的两只小爪以极快的频率扬土，小黑狗变成了一只土拨鼠！

老三脸色变了，扑过去喊，黑子，我×你妈！

晚了，狗皮已经被黑子叼住，一点儿一点儿扯出来。黄三圈赶在老三前头抓起狗皮，反过来掉过去，仔细地瞅，脸色变得铁青，那才真正叫"欲哭无泪"。情况急转直下，我们都有些慌，做好了打架的准备。跟一个在西藏当过兵的农民打仗，大概不会有我们的好果子吃。"革军"的老三就是嘴上的能耐，早早松了，闪在了老大身后，不再威风；善战的"窦尔敦"现在"两袖清风朝天去"，正坐在先进会场拍巴掌；老大拿着钩针，将一团钩花抱在怀里，看着黄三圈只是发呆。

五狈"每临大事有静气"的气质就在这时显露出来，他接过狗皮，如梦方醒地说，天哪，这是三哥您的吗？这狗溜达到我们这儿来，以为是无主的，被我们吃了好几天了。

黄三圈说，你放屁！

五狈说，三哥，我要说没吃才是放屁，我们太不应该了不是？也没问问是谁的狗就给宰了，我们错了！三哥，我们向您请罪，向毛主席请罪。

我们立刻明白了五狈的作战方略，都应和说，三哥，是我们不对，不应该。

五狈说，早知道是三哥您的狗，谁敢动它一指头？

我们都说，不敢。

黄三圈说，我这辈子没别的嗜好，就是爱细狗……你们杀狗我心疼！我……

五狈说，这的确是我们的不是，三哥，您甭跟我们计较，您要跟我们计较太掉您的价儿了。人死了不能复生，狗死了也不能复生，除了遗憾之外我们对已经发生的事情表示道歉。

黄三圈说，光道歉就行了吗？

五狈说，要不您把我们的黑子带走，黑子也是一条好狗。

黄三圈说黑子是条最不值钱的土杂种狗，这种狗在附近一拴一大串。我说买一条新的细狗赔他，黄三圈说买十条也抵不上他这一条，说这狗就像他的家庭成员似的，谁家的成员死了还能再买一个补上？

我说，怎的没有，婆姨死了娶个新的，老汉死了再嫁一个，照旧是一家人，更何况是狗。

黄三圈指着我说，你是党员，是组长，你就是这么起表率作用吗？我不朝别人要，就朝你要！

我一时语塞，情急时突然想起了红宇宙，他的法子有时也很管用。我说，出了这样的事情我也很痛心，我"忘记了自己是一个共产党员，把一个共产党员混同于一个普通的老百姓"，这是绝对错误的。

黄三圈把狗皮扔到我脚下，让我别耍花腔，来点儿实际的。五狈解围说，三哥，这条狗值多少钱，您开价，我们赔，只会多不会少！

黄三圈想也没想，脱口而出，一百！

大家听了都吸一口凉气，黄三圈狮子大张口没了谱，一块梅花手表的价格是一百〇五，一辆"飞鸽"锰钢加重的自行车是一百一十，现在知青点全员兜里的钱加在一块儿超不过十五！

五狈拍着黄三圈的肩膀说，三哥，您要得不高，这么好的狗，它值！我们再给您添点儿，一百三，怎么样？

黄三圈说，我不要一百三，说一百就一百。

五狈说，一百三！

黄三圈说，一百！

此刻的黄三圈和五狈变得十分"君子"，讲价讲得我们直犯眯瞪，不知这算怎样的交易。最后发财做中人，让知青陪给黄三圈八十二块六毛四，八十是狗钱，两块六毛四是赔礼请客的花费，即酒肉钱。交钱的时候知青要请发财和前顺沟的头面人喝酒，当众交出书面检查。

双方都没有异议，契约成立。

黄三圈走了，老三抱着狗皮追过去，让他带上，留作纪念。黄三圈不要，说看了伤心。我们的心情也并不轻松，刹那间八十块的债务就压在头顶了,不惟心情沉重,面子上还过不去,让人强奸了还得搭钱,都说五狈傻。

五狈说,打得鼻青脸肿大家都得傻。

老大说,从今天起咱们得省着花,把两个月的粮卖了还得外加创收。

我说,虱子多了不咬,债多了不愁,太阳今天落了,明天照样升起来。

五狈说,权宜之计罢了,你们还当真呀!

老三突然想起了什么,一声"黑子",嗓子喊得岔了音儿。

哪里还有黑子的影儿。

从此以后,我们再也没见过那只狗。

六

麦子问我这次到陕北出差来做什么，我说纪念"五二三"讲话精神，在延安开一个文学的会，麦子说，文学还要开会？

我说要开，现在都号召"三贴近"呢，麦子说，还是跟我们农民贴近？

我说当然。

麦子说，那不就是老大吗，她跟农民贴得都没缝了。

我问老大最近怎么样，麦子说老大好得不能再好了。接着抱怨她的三个儿子，一天到晚浑浑噩噩，没一个有出息的，学问最大的一个连高中也没毕业，也不肯离开家，都在前顺沟大英果品公司打工，挣几百就很满足了。我说我这回怕没有时间去老大那儿了，麦子说，不必去看她，她活得比谁都滋润，"大英"就是她办的公司。老大一儿一女，女子在陕西杨凌农科城当专家，儿子专做果品贸易，俩孩子都是北京培养出来的。知青返城时候老大没回，让孩子们回了，她说带着男人在北京是个累赘，她男人是土包子，土包子只在山野才有活力，到了北京只好进动物园，她不忍看男人进动物园，就留下来。乡里让她到中学教书，教了两年不适应，回来了。前十年包了几百亩荒坡，种了果树，现在一年的收入百十万，你去她那儿，她哪有工夫招呼你。她男人比她还忙，养了一群细狗，当了"细狗撵兔协会会长"，成天不着家，穿着迷彩服，带着他那些狗，山南海北地跑，去参加比赛。

麦子说的"老大的男人"就是黄三圈。

黄三圈成了知青的女婿，这是谁也没想到的。

记得在烧得滚烫的热炕上，老大吞吞吐吐告诉了我她要结婚的消息。当她说明对象就是黄三圈的时候，我简直觉得窑要塌了，蹭地从炕上爬起来，顾不得窑外呼啦啦的北风，一下冲了出去。四周黑沉沉不见一丝亮光，遥望夜空，一颗卫星亮着微弱的光，正缓慢而有条不紊地从东向西滑动，最后消逝在坡顶的一片枣树林后头。男生窑里的鼾声高高低低如同歌唱，沟对面村里静悄悄没有声息。我在场院里迎风站了十几分钟，直到冻得透心凉，上牙打下牙，才回到窑里。就这，我还觉得冷静得不够。

老大把脑袋缩在被窝里，背对着我，看来是不想再和我说点儿什么，她身下的狗皮褥子在灯下泛着柔和的光。我怪自己没有观察能力，事情发展到谈婚论嫁了，我还蒙在鼓里。嫁谁不成，怎的非嫁黄三圈？

其实如果细心点儿应该窥出端倪。黄三圈那天走后，老大就把狗皮熟了，做成了褥子，很不错的一个皮褥子，自己也不铺，收在她的箱子里。

那年年底结算，一个工分三分钱，扣去各样费用，我们每人尚欠队里六七十块……就是说，干了一年，我们不但没有任何收入，连回家的路费也没有。我在北京已经无家可归，家境困难的五狈和老大立刻蔫了。

能不能回家探亲是次要的，主要的是还拖欠着黄三圈的狗钱。尽管我们并没有还钱的意思，但话是要给人家说的。

现在欠债人与债主的关系变得颠倒，欠债的无比硬气，债主一次次上门给欠债的送礼，哀求还钱，尚得不到回应。七十年代黄世仁还是黄世仁，杨白劳还是杨白劳，欠钱不还在农村很丢面子，失去信用再无法活人，即便实在不能偿还，也要在年除夕之前给债主打声招呼，这是规矩。

给狗主黄三圈打招呼的工作自然该我去，我有点儿发怵，怕他再用"共产党员"的话来压我。老二也说我去不好，诗人的气质，一张嘴便是慷慨激昂；复员军人要是也激昂起来，怕是要顶牛。

五狈穿着大雨靴，在灶前低着头走了两个来回，一副沉思的模样。老二当积极分子从县上回来，给五狈带来一双高勒雨靴，雨靴是县上奖给挖井的老二的，老二穿着紧，就给了五狈。五狈很喜欢这双靴子，不下雨也穿着。这双靴子让他提高了不少，威武了不少，恰到好处地遮掩了腿瘸的缺陷。五狈穿着高勒雨靴一晃一晃地在山道上走，远远看去很有骑兵的风度。

五狈真是个"狈"，关键时刻准能拿出主意来。五狈眼睛一转，说他建议老大去，老大沉稳，性情平和，脾气敦厚，说话从无高声，处理这样的事情最合适。

大家立刻响应让老大去，老大也没表示反对，就去了。第一回去没见着人，第二回去闹得不太愉快，第三回、第四回没有任何结果，第五回、第六回没进入核心问题，第七回过正月十五，是夹着狗皮褥子去的，又夹回来了，老大在债主那儿吃了顿羊肉扁食，带回了一个羊肚子，半口袋青萝卜……

我们喝着羊肚汤，啃着萝卜，都感到很幸福。五狈说，这就对了。

从那天起，狗皮褥子就铺在了老大那边炕上。

看我在炕上翻转不安,老大闷闷地扔过来一句,老四你别激动,我已经决定了。

我说,你结婚,我激动什么?

老大说,黄三圈人不错,你是不了解他。

我说,黄头发、黄眼睛、黄指甲……便宜他黄三圈了!

老大说,还指不定谁便宜谁呢。

老大是我们当中第一个结婚的,也是全县知青第一个和当地农民成亲的,是完完全全断了一切后路的"扎根农村"。"张秀英"的名字一度在当地报纸电台上频繁出现,成了"知名人士"。婚礼上,她的工人爸爸也来了,穿着劳动布工作服,一动弹像穿着纸一样,唰唰响。我想不通,"和贫下中农相结合"方式有千种万种,干吗非得结婚?五姐开导我说,干吗就不能结婚,你都有过嫁给刘发财的念头,老大怎就不能嫁给黄三圈?

我说我那是调侃。五姐说,你可以调侃,老大不行,老大跟她工人爸爸一样是很实际的人,是过日子的人。

半年后老三走了,"革军"的老三靠了他新复出的爸爸到空军去了。老三走的时候我们都去送,一直送到公社革委会门口,那里有军队的吉普车在等着。老三和每一个人热烈拥抱,信誓旦旦地保证"到了部队就来信",特别指着老大的大肚子说,告诉孩子,我是他三舅。

可是这个"三舅"一走再没有回来,也没有信件,我们永远地和他失去了联系,几十年后知青聚会也没有他的踪影,有人说他死了,我们都不相信。

知青点剩下了老二、我和五姐,有消息说把我们和前顺沟的知青合并,大家对此不积极也不反对,都觉着日子越过越没劲。发财当了爹,平日顾不上我们,也很少到我们窑里唱酸曲了。他的儿子叫"刘开颜",名字是红宇宙给取的,用的是"三军过后尽开颜"的典故。麦子嫌名字不顺口,管她的儿子叫"拴骡",下边的几个还没生,名字就想好了,叫"拴马""拴驴",她公爹很喜欢这些名字,说农民的孩子,名字贱好养活,跟他的职业也有关联,很有纪念意义。

老大成了地道的陕北婆姨,腰板变得粗壮,面色变得黑红,连说话也变了腔调,会纳鞋底,会用擀杖在柴锅里打搅团,会跟在驴后头拿着小笤帚熟练地碾面……活得幸福而舒展,永远地告别了蒜薹疙瘩汤和狗油炸油饼的日月。我们到她那儿去串门,黄三圈拿红烧兔肉招待我们,兔肉,尽饱吃。老大给我们做了一大锅西红柿鸡蛋抿尖,吃得我们躺在黄三圈的热炕上再不想动弹。

跟贫下中农结合就是好哇!

应该感谢老大,若没有老大这个"农村亲戚"的支撑和发财在物质上的关照,在招工无望、回城无望的困难日子中,很难想象我们能熬多久。1971年到1972年,是我们下乡以来最艰难的时光,下工回来便是呆坐,望着西天凄艳的晚霞,各自想着心事。五狈似乎老成了许多,变得沉默寡言。他的糊纸盒的母亲得了青光眼,双目失明了。瞎眼的母亲一个人如何存活,成了五狈心头一座山。老二再不挖井,黄土地上那眼干枯的黑窟窿是他两年的杰作,他自嘲地对我们说,愚公死了。

又是一个夏天,天热得邪乎,近半年没下过一滴雨。老乡们说,这是龙王爷在憋雨,是诚心和百姓较劲,搁以前就得敬神求雨了。我们问怎么敬神,发财爹说把龙王爷抬出来晒,问龙王爷在哪儿,发财爹说在后沟一个土窑里藏着。我说支书还带头搞迷信呀,发财爹说,只要让天上下雨,让我做甚都行。还没有敬神求雨,来了红宇宙,组织大家学习,要我们"与天斗,与地斗,与人斗",发财爹问怎个斗法,红宇宙说,担水上山!

发财爹说,沟里的水已经干了两个月了。

缺了水人就爱闹病,村里腹泻的人日渐增多。五狈这几天很忙,一瓶子黄连素已经见底。他让老二到公社给他取药,顺便告诉卫生院,村里的茅房苍蝇太多,茅坑里有脓血便出现,大概是痢疾,公社要派人来进行传染病防治。

现在看,五狈真是个有责任心的大夫,他随叫随到,白日黑夜的操劳赢得了大家的信任和好评,没有谁再提及他偷鸡摸狗拔蒜苗的劣迹,仿佛他从来就是一个好孩子。

下午,发财跑来,说有个孩子发烧,烧得火炭似的,还一阵一阵抽搐,让五狈赶紧过去。五狈二话没说,背起药箱就跟着发财走了。发财爹领着几个青壮汉子偷偷奔后沟去了,从几个人的诡秘神情看,大概是去折腾龙王爷了。

几个人走了没多大工夫,东边涌起了黑云,泼墨般将天遮严了,天黑暗得像是到了晚上。没一会儿哗哗下起了雨,雨下得猛,倾盆而倒,好像整个世界都灌满了水,顷刻间沟满壕平,一切都被泡在了水里。知青点只有我在留守,轰轰的雷在院中炸落,歪脖枣树被劈得剩了半拉,一块场院塌下去,眼瞅着猪被冲走了,随着浑浊的泥汤滚下了沟。雨水从门槛流进窑内,我缩在炕角,只担心水把窑泡塌了,担心哪一个雷把我炸死,担心泥石流把我像猪一样冲没影。

灶里进了水,我知道,今天的晚饭要泡汤了。想着沟对面的五狈,想着到公社取药的老二,我感到了自己的孤单、窝囊,感到了自己和这些同伴的须臾不可分离。

哇哇大哭。借着雷声雨声,哭得酣畅淋漓。

黄土高原的雨来得快去得也快,云彩还没散尽,太阳就亮光光地照耀了。沟里发出振聋发聩的响声，有人喊山水下来了。我跑出去站在沟沿上看，一沟的黄泥汤，翻滚咆哮着，带着呼呼的风，如同奔涌的群羊，拥挤碰撞着，向下头滚滚而去。沟对岸不少人也在看水，对着水里的东西指指点点，我担心路上的老二，总是怕他出事。

也就半个钟头光景，汹涌的水竟戛然而止，窄窄的河道里留下了连根拔起的树和乱七八糟的草窠子。我看见，发财送五狈过河来了，五狈穿着大雨靴，很灵巧地在沾满黄泥的过水石上蹦着，发财替他背着药包。

五狈回来了，老二也快了。我回到窑里，把灶底的水掏干净，得好好给他们做顿热乎饭吃。

我煮了鸡蛋挂面，滴了香油，这是我们的顶尖终极吃食，是防备有人得病而留的库存，这把挂面随我们从北京来到后顺沟，还从没有开封过。现在，为了五狈和老二，打开了。

先进门的是老二，一身的泥水，看见挂面，迫不及待地就伸手。我说，老五呢？

老二说没见。我说他早回来了，比你至少提前四十分钟。我让老二找五狈来大家一块吃饭，老二说他等不及了，现在就得吃。

眼瞅着天黑了，我站在窑外面冲着山峁喊，王小顺！——王小顺！——

王小顺！——王小顺！——后顺沟的山峁为之回应。

七

麦子说，前年夏天来了个男的，站在你们知青点对着两孔窑使劲哭，哭得惊天动地的。我听说了，让人上去看，看的人说那儿一个人也没有，或许人已经走了。

我说是老二，也可能是老三，当然也不排除是五狈。

麦子长叹一声。

已接近班车到来的时间，我包了两块炸油糕。麦子窥出我的意图，对女子说，你陪着四婆去看看五爷。

我说不必了，地方我知道。麦子说，让娃跟上吧，替我去呢。

又让女子带上一瓶酒。

窗外的黄狗见了我仍旧呜噜，仍是一副仇人相见的模样。细看那狗长得竟和黄三泰一模一样。女子又踢了狗一脚，狗不服地挣着铁链子。女子说，是三圈舅老爷送来的狗，脾气歪得很，谁都不待见它。

我说，狗的记忆大概有遗传。

女子眨巴着眼睛没听明白。我说，狗见了狼自然要咬。

女子还没明白。

下了沟，仍旧是那条老路，四十年前我们天天走的路；沟底几块过水石，沟沿半棵枣树……近了，近了。我的心开始咚咚地跳，脚步也越来越快，将女子远远地甩在后面。

一个土堆，微微地隆起，那是五狈的坟。

那天，发财将五狈送过沟就回去了，我也回来做饭。五狈背着药箱往坡上走，半坡处路边有洼地，积了些水，五狈过去涮他的靴子，水很浅，刚刚没过他的脚面。又往前蹚了几步，五狈不见了。

五狈掉进了老二的井里。干枯的井已不干枯，里面灌满了雨水，井口隐藏在水坑里，被五狈忽略了。五狈不像我们，中学体育课都是在游泳池里耍闹过的。五狈从没下过水，五狈是旱鸭子。就是旱鸭子也是可以浮上来的，要他命的是那双灌满雨水的高靿雨靴，如同两块石头，将五狈坠在井底上不来了。

五狈就这么走了。在我们的眼皮底下，在众人最需要他的时刻。

老二的精神崩溃了。他将五狈的死归咎于自己，是他挖的井，是他给五狈的靴子，他应该替五狈去死！老二用指甲把胸口抓得鲜血淋漓，光着膀子满山遍野地跑，呜呜地吼，不知是喊还是哭。发财让农民甲和农民乙去追，哪里追得上。

五狈的丧事办得传统而隆重，发财爹主事。一切按当地老式规矩办，停灵七天，奠酒烧纸，盛大出殡，披麻戴孝，打幡摔盆，唢呐前导。五狈没有儿子，谁披麻戴孝，谁打幡摔盆，一时为难。在农村，谁承担了这些，谁就是丧主，就是孝子，谁就承担了后辈的名分。让我们感动的是黄三圈此时体现了复员军人的胸襟，体现了农民的厚道，体现了知青女婿的责无旁贷，他将尚不会走路的儿子抱了来，一丝不苟地披挂了，对大伙说，这是王小顺的亲侄子。

孩子毕竟小，打幡摔盆都是黄三圈做的。

五狈那几声"三哥"没白叫。

红宇宙也来了,将酒恭恭敬敬地奠了,沉痛地说,毛主席教导我们说……王小顺同志,你安息吧。

打那以后,后顺沟再没人将五狈叫作五狈,一律地叫作了王小顺。

埋葬了五狈,老二一天也不能在后顺沟待下去,他义无反顾地坚决要求回北京,没有招工也回,没有户口也回,不批准也要回。我提醒他,这样回去就成了"黑人"。"黑人"意味着没有工资,没有粮票……没有前程。

老二没听我的话,还是走了。走的时候没跟任何人打招呼,自己背了个黄书包,趁着黑天悄悄走了。跟老三一样,老二走了再没来信。后来听探亲回来的知青说,老二回去果然艰难,在南城酱菜厂当临时工,每天倒酱缸,翻腾酱萝卜,浑身一股咸菜味儿,人晒得跟酱黄瓜一个颜色,比当知青还黑。

我在1973年招工到了汉中工厂,当磨工学徒三年。后来恢复高考,上大学去了,大学毕业后不再写诗,改写小说了。相对说,我在知青中算是顺利的,尽管小说写得很平庸,也没什么名气。

前年春天在北京,在中山公园参加一个京剧票友演唱会,意外地碰见了老二,他照旧演唱《盗御马》,蓝脸红髯,绿袍皂靴,在灯光照耀下神采飞扬,精美绝伦。一句"将酒宴摆置在聚义厅上,某要与众贤弟叙一叙衷肠",让我浑身颤抖,热泪盈眶。没等得老二下场,我跑过去,使劲将他抱住,再不撒开,别人以为老二遇到了热烈老"粉丝",抱以更响亮的掌声。

那天,坐在中山公园的长椅上,我们的话怎么说也说不完,头顶是粉艳的海棠花,是温煦的风……我知道了老二当年坚决要回北京的原因,他用微薄的工钱,一直将五狈的瞎妈妈养老送

终，老太太活到 82 岁。为了这个责任，他失去了太多机会，到现在不过是一个早早下岗的普通工人。

我想起了毛主席老人家的一句话："一个人做一件好事并不难，难的是一辈子做好事，不做坏事，几十年如一日，这才是最难最难的啊。"

老二听了语录，淡淡一笑，说他和老婆开了一个小饭铺，早点专卖一样吃食，炸油饼。老二还说我在五狈出事那天，对着山使劲喊王小顺，他就感到不好。我们从来都是五狈五狈地叫，怎的那天就成了"王小顺"。我说我喊王小顺的时候，王小顺已经死了。老二说，五狈该着留下不走，小顺永远地睡在后顺沟，那儿是他的归宿。

站在五狈坟前我默默无语，坟土干涸硬结，小得让人有些辛酸，就像五狈瘦小的身躯。我说，应该立个碑。女子说，自家的坟都不立碑，都在心里记着哩。

女子指着五狈旁边的土堆告诉我，那是她爷的坟，她爷死前留下话，不埋在自家坟地，专在这儿陪着五爷，免得他寂寞。我想起了我最后离开后顺沟时发财的承诺，他让我放心，他会像照顾自己弟兄一样照顾五狈。

果真没有妄说。

摆上供品，我想我应该和五狈说点儿什么，却轻轻地哼起了《盗御马》。

一片云彩飘来，天下起了雨，女子拉我在土崖下避了。远远地我看见五狈的坟在雨水中腾起阵阵尘土……五狈知道我来了……

一出《盗御马》，唱过了，曲终人散。

凤还巢

一

　　火车行驶在西北的黄土地上，向着北京。

　　不是在写诗，我的心里却有着诗一般的感受，回家了，终于！

　　受回归意念的驱使，我在自己的周围寻找着快乐与美好。火车全程软卧，一站到达，夕发朝至，不用听那絮叨的报站，不必担心晚点；车厢里人不多，井然有序，列车员到每一个包间里介绍自己，着装标准，语言规范，真诚得让人感动。每人床尾都有壁挂电视，电视里播放着录像，录像画面清晰，可调控的频道有六七个之多；天气仍旧是热，桑拿天，一动一身汗，不光是中国，整个世界的气候都有些混乱。车顶部空调里冒出的凉气，将外面的热浪红尘与里面隔绝成两个世界，车厢里才真正是秋高气爽；白桌布的小桌上立着杂志，铜版纸上的美女汽车，厚重而养眼，是铁路的专用杂志；花瓶里玫瑰花带着晶莹的露珠在绽放，嵌有金丝的靠垫洁净柔软，给人一种华贵高雅之感。车厢内厚重的米黄地毯，抹消了一切声音，静悄悄地过道里只有门上的灯在闪烁，那上面滚动着列车终点北京的天气，报告着车速和到达的时间。

　　我的铺位对面是一对小夫妻，进来没打招呼，立刻沉浸在两人的世界中，看来是对安静的旅伴。

　　一切都挺好，无可挑剔。

181

我沉浸在自己给自己制造的好心情里,双手抱着脑袋斜靠在铺位上看电视,眼睛看的是电视,心里想的却是别的,如青年们所言,爷看的不是电视,爷看的是心情。四十多年前,离开北京的时候是坐火车走的,四十多年后自然还是要坐火车回来,这是一个毋庸置疑的圆,一个带有人为安排的宿命式的回归节目。坐火车回家,尽管这火车和那火车已经有了天壤之别,"坐"法也有了根本改变,但"坐车"的本质没变。

列车员敲门进来,告诉大家已经进入夜间行车,并且细心地将窗帘拉上。我让他不要拉,他不解地看着我,我说我还要往外看,他说外面很黑,什么也看不见。我说我看得见,我要一站一站地捯回去,不忘却每一寸土地。列车员大概在车上工作,什么样的乘客都见过,他很理解地将窗帘拉上了一多半,将我这一边留了出来。我说了谢谢。列车员说不客气,临走回身拉门时看了我一眼,笑了。

看着小伙子的笔挺制服,看着那张丰满却不失英俊的脸和那微笑的模样,我不知怎的竟想起了样板戏《红灯记》里"谢谢妈……"的李玉和,于是为电视中正在为世界拳王争霸的帕维尔特和米拉达配唱,"临行喝妈一碗酒,浑身是胆雄赳赳。鸠山设宴和我交朋友,千杯万盏能应酬……"倒也很贴切。

1968年,嘈杂混乱,满是煤烟味儿的车厢里,反复播唱的正是这个段落,"时令不好,风雨来得骤,妈要把冷暖时刻记心头……"那时候文艺节目单调,播音室只有这张唱片,所以李玉和便不知疲倦一遍遍地唱,唱得慷慨激昂,豪情无限。我的情绪却低到了谷底,将脑袋趴在小桌上,装作睡觉,其实是任着眼泪在流淌。李玉和临行还能喝妈一碗酒,我呢?母亲在我走之前与父亲双双去了另一个世界,他们走之前是为自己准备了酒的,我傻乎乎地还跟着喝，全不知那是"风雨来得骤"的上路之物……现在，不是"妈要把冷暖时刻记心头"，是我要把冷暖时刻记心头了。这段戏，唱得真不是时候！

是上山下乡知青专列，一火车的人都响应毛主席号召到陕北去，激情比李玉和还要李玉和。夜半了，有人睡不着觉，做好事，一遍遍地拖地，一遍遍地给大家送热水，于是就一遍遍地将朦胧欲睡的人弄醒。当那把面目不清的拖把拖过我的脚下时，拖把上发出的污浊气味让我一阵阵恶心，湿漉漉的地板立刻散出相同的味道，从头到尾弥漫到整个车厢。我不能忘却那地板的模样，土红斑驳的漆，质地不明的板，简陋肮脏。绿人造革的座椅，黄木的短桌子，偌大窗户无遮无挡，里面一片光明，外头一片漆黑。

我心里默默地细数我的七个兄长：老大，大我38岁，国民党中统，我根本没见过，新中国成立时去了台湾，他是"文革"我们家的一颗炸弹，他给这个家族带来的伤害是致命的；老二，两年前用一根皮带将生命结束在后院的树上，不管不顾地走了；老三，被发配到广西走"五七"道路，每月发生活费三十块，他自己留十五块，给北京寄十五块，他的妻子儿女挤在北京三里河的一间小屋里，艰难度日；老五新中国成立前冻死在鼓楼后门桥桥底下，葬在北京西山，他的墓我们家的人从来没有去祭奠过；老六，早夭；老四、老七，各自进了"牛棚"，至今生死不明。至于我那些美丽的姐姐，境况并不比哥哥们好，老大，酷爱唱戏，解放前被丈夫抛弃，在阜成门的小院里凄惨死去；老二，自己做主嫁了个大资本家，被叶家赶出家门，与之永不来往；老三，一个为理想献身的英勇革命者，属于革命先烈序列；老四，早早地与这个家庭划清了界限，随着丈夫躲在山西的乡下，明哲保身；老五，与她的部长丈夫被打得面目皆非，送进医院抢救，部长折了四根肋骨，她自己脾脏出血；老六，在医院被作为反动技术权威责令清扫厕所；老七，就是我……

我到陕西插队。

许久，车停了，是临时停车。向外望，站台上没有人，出口处有昏黄的灯光，屎黄的墙上隐隐看出"罗敷"两个字。罗敷，汉乐府《陌上桑》有歌说："日出东南隅，照我秦氏楼。秦氏有好女，自名为罗敷。"这么说已经到陕西了，到了秦氏女罗敷的老家，我过了河北，过了河南，离家越来越远了……

窗外这片陌生的黄土地，在微明的晨曦中显露出沟壑纵横的贫瘠，在这里，连家有高楼的贵家女子罗敷也要采桑南塬，劳作在田野，我们在这里真的能大有作为吗？真的值得我将生命与之维系在一起，今生今世永不分离吗？

我再一次将头埋入臂弯里，满眼是脏污的、土红色的地板，满眼是米黄色的地毯。

电视里，帕维尔特和米拉达还在打，两个具有重创杀伤力的选手你来我往，在千仇万恨地玩真格的。我想象着，将眼前的地毯和这场拳击挪到1968年的列车上会发生怎样的震动，我也不能想象1968年的土红地板搁在今天的包厢里会是怎样一种效果。我这个人，常常爱做这种时空错换的梦，比如，动不动就把自己拉到唐朝的大明宫，拉到清朝的菜市口，拉到小时候某一天的饭桌上，总之，思维处在一种混乱跳跃、不安定的状态，有时甚至恍惚得不知自己为谁。

我希望回家的路越长越好，四十年的期待，四十年的痴梦，不就是现在吗？东城四合院的家当然没了，火热的房地产事业将它变成了大楼，那年年初回家还在老屋里与老七聚首，喝着从东直门打来的豆汁儿，吃着羊油炒的麻豆腐，闻着家的熟悉气味，想的是手足将来能在这狭小的静谧中地老天荒地厮守下去。可是八月再回来，老宅子便荡然无存了，变作了一片瓦砾场，变作了一片拾掇不起来的苍凉。"回廊四合掩寂寞，碧鹦鹉对红蔷薇"，叶家的十四个孩子曾经在这里进出盘桓，哭笑玩闹，争吵打斗，演绎出了多少故事，生化出了多少情感，说不清了。百年的庭院，容纳了太多的欢乐和辛酸，太多的浮躁和沉重。我在夏日的骄阳下，狗一样地在废墟上寻嗅，寻找家的气息，寻找那沉落于砖头瓦块中记忆的丝丝缕缕。

拆砸还在继续，东面二环路上车来车往，现代气息的声浪阵阵逼人。原本这里是条僻静的深巷，房拆了，遮挡没有了，就显得空旷而直接，就有了抬头见汽车的突兀，有了光天化日的惶恐。让人感到历史进程的脚步迅猛、粗犷，甚至有些无情。

我们毫无办法，我们别无选择。

废墟中一棵枣树张开残缺的枝在怯怯地召唤我，我走过去，抚摸着它粗糙的满是尘埃的干，心里如见到亲人般的激动。"庭树不知人去尽，春来还发旧时花"，枣树的枝头已经结出了青青的小枣。我知道它们，即便到熟，它们也是那种既长不大也不甜的青枣，这种没有经过调教的枣树，北京城的老院子里家家都有。枣树的年龄比我大，日本占领北平前夕，我父亲领着他的儿子们在后院挖防空洞，在洞口旁边发现了一棵小苗，本可以一锹铲了它，老三却生出恻隐之心，跟父亲商量将它留下，于是就留下了，并且一天天长大，要报答谁似的，急着结出许多丑陋的小枣，年复一年，从不间歇。而替它求情的老三，"文革"后期带着肺癌的病痛，冒死偷偷回到北京，回到他那一间小屋的家，没有多久便故去了。狐死守丘，老三千里万里地回来，他是如愿了。

枣树东面的一根枝被锯掉了，当年那个巨大的疤已经变得模糊不清，锯掉的是一根横出的主干，儿时我在上面打过秋千，蹬着它摘过枣。是老二把我抱上去的，中秋节那天，老二带着新媳妇回家，一家人在前院笑语欢声分食月饼，老二和刘妈到后院找我说，父亲在前头喊我呢，让我快去！

我一听赶紧顺着树干往下溜，枣树粗粝的树皮将我的前胸、肚子划得稀烂，刘妈吓得不知如何是好，还是老二偷偷到胡同口药铺，买了瓶紫药水回来。大概他觉得这事与他有关，他应该对我这惨不忍睹的肚子负责吧。其实，抹过药的肚子比划破的肚子更惨不忍睹，我挺着那个莫名其妙的紫肚子，觉着陌生、残酷，不能容忍。

"文革"刚一开始，老二因为国民党残渣余孽问题被抓出来了，挨了打，到家里来看父亲，是架着拐来的，一只眼睛也什么都看不见了。那天老二没回他的家，他其实已经没家了，嫂子运动一开始便离他而去，把孩子也带走了。那晚老二提出住在后院的小屋里，母亲有些犹豫，父亲答应了。晚饭后我给老二送去了紫药水，我们家当时只有这瓶紫药水，我看见老二顺着裤腿在流血，手指头肿胀得跟小萝卜一样，胳膊是一道道的青紫。老二坐着，一句话不说，我没话找话地让他看树上的小枣，谈论我当年的紫肚子，他的眼神却伸得很远很远，他的心已经走了。

我料定今夜老二有事，便一趟一趟地到后院看他。小屋的灯一直开着，紫药水在窗台上放着，他连动也没动。一碗粥搁在桌子上，早已凉透，我的二哥哥，他心里重得连碗也端不起来了。我每半个钟头看他一次，心情很是复杂，母亲哭着拦住我说，你让他走了吧，别让他再难受了！

我坚定地说不。其实父母的心里什么都明白，打老二一进家门，他们就知道他是干吗来了。

我不是一个称职的守护者，黎明的时候，老二用腰带把自己吊在了枣树的横枝上。我的哥哥就这样去了，在我的眼皮底下，一个有家有业、善良胆小的人，就这么轻而易举、简简单单地殁了。死了便死了，到现在也没有人为他争论，更没有人记得他了。

那不祥的横枝，被我锯断……

木犹如此，人何以堪！

家的废墟让人黯然神伤，我去探望老宅的最后留守者老七，他住在简易过渡房里，说政府在望京地区给分了房，自己还要添些钱，才能住进去。七嫂不满，说从白菜心挪到白菜帮子还要搭钱，院落偌大的面积全不算数，这账怎的净往他们那边划拉啊！老七劝她不必计较，说望京楼房有暖气，有天然气和厕所，比大庙似的四合院方便多了，什么都得往好处想。

老七说的是实话，我每年探亲多是在冬季，为的是能在家过个春节。冬季恰是北京最严酷的时候，老旧的四合院没有任何现代设施，风顺着窗户缝往里灌。早晨，躺在床上，因为冷而不想起来。窗户上泛出一抹淡红，衬着摇曳的树枝，伴着呜呜的风，浓缩成家的一个细节。缩在被窝里想起昨晚放在屋外窗台上的柿子，一夜工夫，该是冻瓷实了。夜里火大概又灭了，玻璃上冻出了一棵棵"大白菜"，张扬出片亮丽的"后现代"。21世纪北方各大城市全部进入现代供暖的今天，家里取暖依旧靠的是蜂窝煤和带弯头的白铁皮烟筒，一天的很大精力要放在煤的接续和维护上。铁壶在炉子上冒着白气，哗哗地响着，就这似乎也并没有给房内增添多少热量。上厕所得穿上棉大衣跑出院落，进入公众的"官茅房"，在冷风中蹲坑，数人一排，没有遮栏，更没有秘密。院中纵然有抱厦游廊，有鱼缸海棠，也抵御不住那侵入人心底的冷。老七带着一身病,抄着手在炉前闷坐,偶尔说一句"这茶是春芽白毫"……

探亲的大多时间,我都在街上走动,拾捡着散落在各处的记忆碎片,总是有些隔膜。虽然步入了文坛,入得也是相当游离,北京把我看作陕西作家,陕西把我看作北京作家……只有家还认可着我,想着在北京生活的作家朋友,自己愈发感到落魄和沮丧。不是物质的,是一种心理的差距,这种差距正是我文学的灵魂和命脉。"看君已作无家客,犹是逢人说故乡",那是对生命、对人生的别一番滋味。

最后的留守者老七是与世无争、息事宁人、连话也不会大声说的人,他对什么都满意,对什么都是无所谓的态度,老二的死,本来他应该到老二单位去理论理论的,可他不,他说,人死了就不能活了。

望着瘦得一阵风都能刮倒的老哥哥,我想象着他最后离开老屋的情景,步履蹒跚的他,一定是拄着拐杖在大门前伫立了许久才转身离开的,这个家族也只有他有缘分和这座老宅告别。

如今,老七住在望京26层的高楼上已经几年没有下过楼了,有暖气有天然气有厕所的屋子禁锢了他,让他的腿借助拐杖也迈不动步了。他给我来电话说站在自家的阳台上,看国庆的焰火是个绝佳的角度,这在四合院里是永远看不到的。

我必须在北京建立自己的家,以弥补我多年的心理缺失。未雨绸缪,没退休就在北京买了房子,并且开始装修。

时代不同了,我赶上了好时候。

二

我对北京新买的这套房子注入的心血太多了，用写几部电视剧的稿费将它买下，几乎耗干了我的全部精力，耗尽了我大部分存款。北京的房价，天方夜谭般没谱，不敢再等了，越等越高。我买的房子不大，但是正南正北，规矩齐整，位置在四环以内，面对公园，谁看了谁都说值，因为北京四环以内的房子实在是不多了。接下来是装修，从水电线路走向、地砖选样铺设，到壁纸花色搭配、地板质地筛选，无不浸透着心劲儿，也无不浸透着斗争。

买房难，装修更难。

跟西安单位同事谈及我正在搞装修，并且是异地北京的装修，同事们无一不露出同情神色，仿佛我是掉进了深深的泥沼，仿佛我是损失了数百万钞票，总之，我是马上要经历一场浩劫的倒霉蛋。

我们单位的会计胖妮老想减肥，每天不吃饭，光喝菜汁，疾走四个小时，全家的衣裳由机洗改手洗，由她承包，12层楼梯，硬是不坐电梯，一层一层地爬，以图去掉脂肪。这样一个月下来，增肥三公斤，差点没晕过去。去年装修三个月，我起早摸黑战斗在工地，跟卖主斗，跟装修队斗，跟材料斗，跟钱斗，跟爱人斗，跟自己斗，装修完毕，减肥五公斤，装修虽不满意，却意外获得了魔鬼身材。歪打正着。

老张去年冬天装修,还没竣工,他和老婆就双双住进医院,原来成天泡在现场,在有害气体中监工,开始没什么,后来是咳嗽、发烧,感冒症状,紧接着肺出毛病了,接着是眼睛,是皮肤……材料再环保、附料再达标,架不住它们集中到一块儿,这就变本加厉了。

有人劝我,您别亲自干了,让儿子出马,大小伙子不比您强?

我说,儿子正在准备"托福"考试,忙得家也回不来。

他们说,您老伴呢,这应该是老爷们儿操持的事儿。

我说老伴在日本教书,十几年了,连中国小白菜多少钱一斤也不知道,让他用鬼子话教汉语行,让他到建材市场买砖,那就是瞎掰。

大伙建议我找装修公司,全包,自个儿不往里掺和,省心。

我说,我自个儿的房子我不掺和,全让人家掺和,到最后是我住还是人家住?

单位人说,得嘞,您愿意干您就干,反正您也该休息了。

大家说的"休息",是"退休"的含蓄说法,凡是临近退休的,对这个词都比较敏感,嘴上说看得开,退就退,巴不得歇歇,其实心里头岂止是留恋,还有不服气的因素存在,小猴崽子们,世界终于是你们的啦,折腾吧,比起我你们差远啦!当然嘴上不能这么说,嘴上的话冠冕堂皇,得说"革命的接力棒""历史的重任""长江后浪推前浪"什么的,让人听着好像十年前就盼着交班呢,哪一个心甘情愿,哪一个自自然然。

我差五个月60岁,很快就该"自自然然"了。

装修房子不比买房容易,因了我的执着,因了我的不退缩、不将就,因了我的严格、独特,因了我的不苟言笑,让参与装修的各路人马对我大伤脑筋,纷纷举手投降。金丝镶嵌厂的人说,这老太太惹不起，厉害，就是慈禧六十大寿装修长春宫，也没这么挑剔吧。谁敢跟她叫板呐，她说什么就依了她吧，否则在报纸上给咱们写一篇"欺负老太太"什么的，咱们都不得好儿。

身在北京的人不会理解我，北京的家是残存在我心深处可望而不可即的情愫，敏感、柔软、脆弱、永远得怕人提及。离家四十多年，人有了太多的改变，不变的唯有这情。

60岁回归故里，60岁的家应该称心如意，60岁的生日应该有特殊意义。

我的60岁！

火车通过罗敷车站，并没减速，站牌一闪而过。我趴在车窗上使劲地朝外张望，外面很黑，远处有几点灯光，近处是高耸的华山，火车从华山脚下通过，发出轰轰回声。罗敷北面不远有农场，我在那儿干过不短时间。说是走"五七"道路，实则是把政治、生活上有问题的人从国防工厂剔出来送到这里，劳动改造。当年在农场结识了一批朋友，后来都散了，各奔了东西，再无联络。我还记得，到最后，所有问题人员都回去了，我幼稚地认为自己也能过关，但最终我还是炸药包一样爆炸了——第二次外调的结论很扎实，我是叶赫那拉家族一员，亲族几乎全部被关押，父亲系清朝遗老，在革命的风暴来临之际，畏罪自杀，自绝于人民。我的兄长中有国民党、三青团，姐妹中有蓝衣社、资本家太太……在我被责令上缴的日记本上，专案组查到了"回望故乡泪双垂"的诗句，我的故乡是哪儿，是北京，无产阶级群众将那里称为"祖国的心脏""革命的象征"，我却望着"革命的心脏"泪双垂，这样一上纲我不是反革命也是反革命了。循名责实，抓到了我的老祖宗，抓到了紫禁城里，几乎他们的所有罪过都由我背着了，我成了一条"大鱼"。

我被拉着巡回批斗，不光是本单位批，还有附近的单位来借，人们不是看反革命，是看"皇姑"，我在台上低头从眼缝里看着那些满含兴趣的观众，哪里是开批斗会，分明是在看"打金枝"，这个"金枝"虽没有戏台上凤冠霞帔的金枝好看，但在只有样板戏填充艺术舞台的时代也是很不错，很有看头的。"上台"前，我被专政队队员看守着，蹲在后台的一个角落里，不许乱说乱动。有人溜进来，近距离看猴一样围着我看，众人的目光肆无忌惮，毫无顾忌，那样的眼神，在以后几十年的生涯里，我再没遇到过，非常的独特。人们围着我议论着：

敢情这就是皇姑呀，啧啧，眼睛小了点儿，头发也稀，脸……不白。

手指头葱杆似的，干不了什么活。

有太监伺候着，什么也不用她干。

她跟皇上是什么关系？

一个老太太在我的手上掐了一把，不知出自什么目的。

一个汉子，伸手在我脸上拧了个麻花，说，落架的凤凰不如鸡，鸡还能下蛋呢，这个连鸡也不如。

有人接上说，你难保她不会下蛋？

汉子说，你先试试！

有人趁势在后头摸我的臀；有人抡开巴掌抽了我一个嘴巴，抽得我眼冒金星；有人不知从哪儿提来半桶泔水，醍醐灌顶，从上面淋下来，霎时我面目皆非。懵懂中听谁说泔水可惜了。

队员们出来干涉了，将我与观众隔离开来，岂不知，纷乱中，某队员在我的胸部狠狠抓了两把……

忍着，都得忍着。

何处路最难，最难在长安。

批判发言更离谱,有人振振有词地站在我旁边念稿:

她爷见过皇上的面,她婆和娘娘吃过饭。
她大穿的是黄马褂,她娘着的是绫罗缎。
出门不走她坐软轿,累了捶背有丫鬟。
吃饭端的是玉石碗,尿盆子上镶的是五彩蓝。
……

下头喝彩一片,原来发言者表演的是秦腔《教学》的段子。

哪儿跟哪儿啊!整个一个大乱仗。就是乱仗也得有敌人,"敌人"就是我。

夜深人静难以入眠,从农场的土窗远远望着火车从华山脚下驶过,长长的闪亮的窗户在夜色中移动着,那是42次进京列车,回家的车,一天一夜的路程,该是不远。

听说大后天还有一场批斗会,那边已经用架子车后档做好了牌子,准备好了朝我脸上抹的墨汁……

进京的火车过去了,山根再没有火车走过,窗外的罗敷河无声地流淌着,夜深了。罗敷亦是一介女子,不为权势所动,面对华州太守的要挟,"乃弹筝,作陌上歌以自明"。我不如罗敷,没有"自明"的勇气,我是个懦弱的人,这种懦弱大概自我的祖上便作为一种基因,种植在我的血液中了。脖子上挂牌子是很可怕的,那铁丝会深深嵌入肉里,更可怕的是推来搡去中的侮辱,那一个又一个突如其来的"别出心裁"……我的耐受能力是有限的,比起家族里的其他人,比起我的兄弟姐妹,我可能是最窝囊的一个。

我跪在土屋的地上,朝着北京方向磕了三个头。

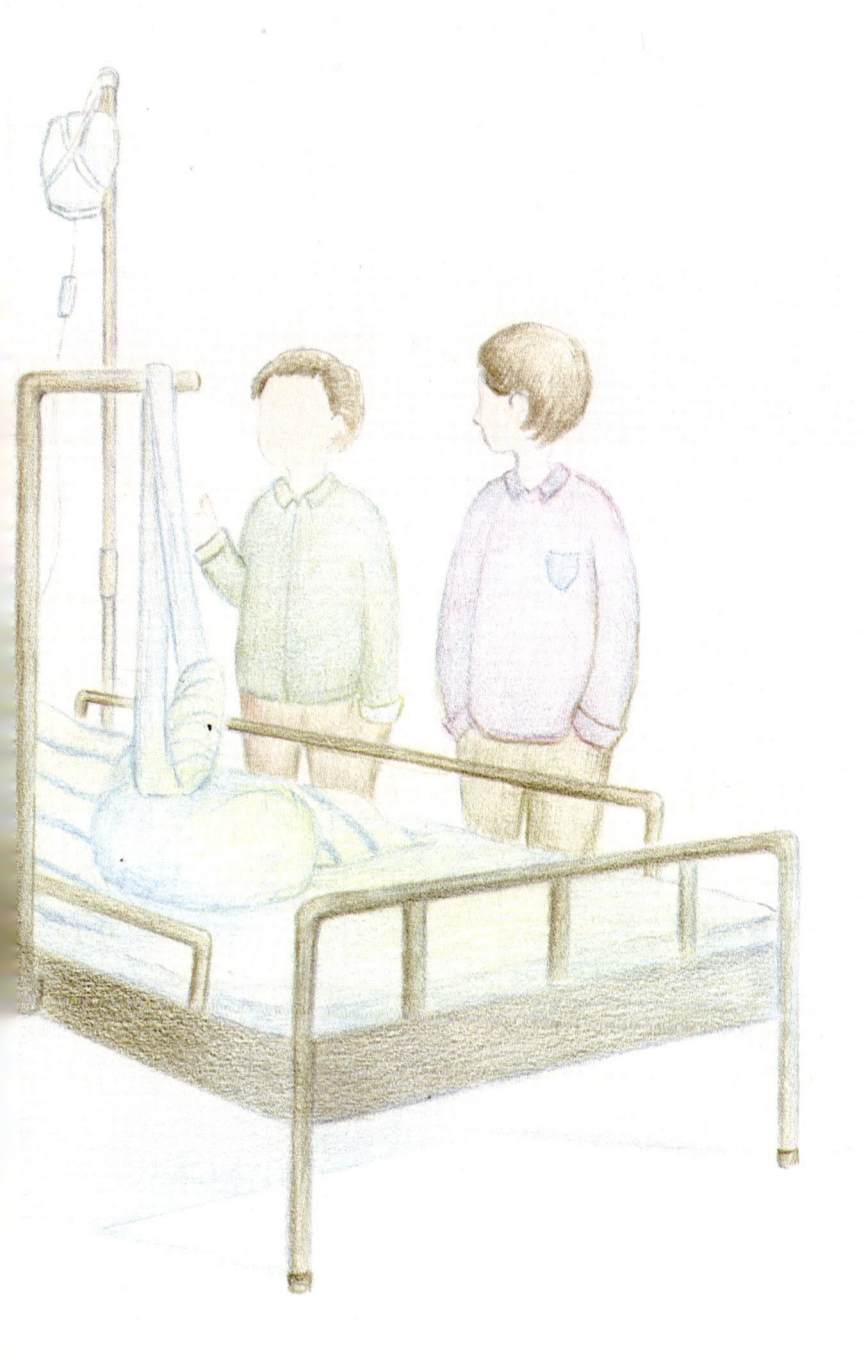

不批斗的时候我得参加劳动,断没有歇着的道理。第二天的任务是收麦,跟着联合收割机在大田里干活。拖拉机拉着收割机巡洋舰般在麦田里勇往直前,旁边大卡车紧紧相跟,割下的麦子经过脱粒,哗哗地流到卡车的车斗里。我的任务是在收割机后头的麦草车集草,麦草集满一车将车后的围栏一抽,草垛就方方正正拖到了地上。集草是最累的活,吃土、暴晒、颠簸、费力,草车边上有仅能站一人的木板,人便演杂技一样地在上面随着收割机的转动而转动,随着草车的颠簸而颠簸。收割机在田里转了一圈又一圈,转了几圈我便窥出,在拐弯的时候草车和卡车会转成直角,这时候我只要轻轻一跳,进入后车轮子是顺理成章的事。

这是一条最近、最便捷的回家之路,人们会以为我是不小心从草车上掉下去而发生的意外,没有"自绝于人民"的罪名,不会给尚存的叶家人添麻烦。

天衣无缝。

车在田里转,我的思路也在转,并不是胆怯,而是留恋,对故乡的留恋、对家的留恋、对往事的留恋、对生命的留恋,而这一切都将结束于轻轻一跳,结束于短短的几秒钟。车声辚辚,像是在召唤,像是在催促,恍惚间我看见了站在四合院台阶上的父母亲,他们没有表情地看着我,我急着要奔他们而去,扑入他们的怀中,哭诉我的委屈……

我的灵魂已经出壳。

怎么下去的不知道,我的脊背明显地感到了车轮的压力,继而是腿的奇怪姿势,它竟然翻过来了。卡车司机面色苍白地跳下车来,用手推我,拖拉机手也下车了,把我往外拽……

我觉得很舒服。我知道,我得到了解脱。

醒来的时候在医院,腿上打着石膏,高高地吊着,卡车司机和拖拉机手陪在床边，我在跳下去的时候，他们同时踩了刹车，他们的刹车不是为了我，是麦田割到中心，车子转不开了，剩下的方块得用镰刀操作。他们不住地检讨，说是车刹得太猛，让我掉下去了。

在人的一生中，会有许多说不清的奇妙时刻，这种时刻注定要发生在某一天，某一小时，某一秒钟，但是它决定性的影响却是超越时间的。侥幸的我让两个无辜人承担了责任，这个秘密我没有勇气说破，一直到今天。

罗敷的灯光渐渐远去，在软卧车厢里，在柔和灯光的罩护下，这条移动的长龙沿着华山东去，我是闪亮移动中的一员。我看到了，罗敷河畔，夜色中，我望着这趟车的绝望的眼神。那眼神停滞在时空的某一点上，永远存在，不能消逝。

脸上有凉凉的东西，是眼泪。从被人从车底下拽出那一刻以后，我再没有流过眼泪，往后的经历一变再变，往后的境遇一改再改，过了春天，过了秋天，时间将一切都带走了，只留下了平淡。曾经无数次地经过这个地方，都是一晃而过，唯独今天……

并不是简单的流泪，是一种与以往相对而视的会意，一种曾经沧海的开阔，毕竟这里是我的另一个故乡。

三

　　对面铺上的呼噜让我难以入睡，电视画面上帕维尔特和米拉达的一遍遍重复打斗让我觉得滑稽，空调停了，灯光下细看玫瑰的花露竟然是假的，连那花朵也是仿真。嵌金丝的靠背是化纤质地，与皮肤接触，十分不舒服。米黄的地毯亦是化纤，不知哪位在上面留下了茶迹和烟洞。杂志上的车模美女笑得有些暧昧，火车杂志登汽车的广告，难免有跨行赚钱的嫌疑。将电视换了几个频道，不是没来由的武打就是骑着扫帚满天飞的虚无，让人烦乱。

　　我回忆自己的心情是什么时候开始发生变化的，罗敷以后，大概是潼关，是火车即将离开陕西的时候。为什么变的，是因为某位老陕，在隔壁包厢里哼唱"有为王打坐在长安地面"，那唱实在不高明，野调无腔，完全是依着他的性情胡扯，让人听了忍俊不禁。真希望他继续唱下去，却截然而止，没了声音。我想，今后再听不到这样随性而起的秦腔了，也难见文联那些狗皮袜子没反正的同事们了，更难见挂职九年、周至农村那些火热的乡党了，曾经是文学陕军中的一员骁将，今日却不辞而别，做了逃兵。离开的时候我没告诉任何人，在办理退休手续的同时，我就买好了Z19次火车票。回家，对我来说是归心似箭，是迫不及待！窗外，关林一闪而过，关公的陵墓，无数次地来过；陕西那些平日司空见惯的大土冢——沉睡着的帝王将相们，也曾无数次地在夕阳中凭吊，在细雨中拜谒。他们带着我一次次地走进秦、汉、唐的西部，走进历史的皱褶，在书里躺着的历史在西安是站起来的。曾经跟他们达成一种写作的默契，将他们作为巨石般的靠山。如今在靠山默默地注视下，我竟然头也不回地毅然离去，有些薄情，有些负义，有些自私和卑鄙。真正的相知是精神方面的感应，四十多年，我与这片地域已经连成了一体。

杂乱中一阵迷失，有种撕裂的痛。

什么时候睡着的，不知道。

早晨，火车先驶入一片高耸的楼宇，接着才缓缓进入北京西客站。站台上有接客的，有戴着红帽拉行李的，与老旧的北京站相比，多了仓促的辉煌，多了霸道的大而无当，我不喜欢这个火车站。试想，这趟火车如果能停靠在老车站，对我将是一个极度的完美，我毕竟是从那个车站出发的。

站台上不会有接我的人，我的目光也从不在那些翘首企盼的男女身上停留，离开北京四十多年，没有一次有人在车站等我。我当然也没有此奢望，在叶家，我是老小……

说从来没被人接过也有点儿亏心，有过那么一回，是给北京人艺写话剧《全家福》，人艺领导让院里的编剧王梓夫来接站。我没见过王梓夫，但是读过他的小说，京腔京韵写京东的，是个不错的京味儿作家。想的是我们得设计个"接头暗号"什么的，免得错过了，结果他说不用，他一眼就能把我认出来。那次，王梓夫一直接到了站台上，果然一眼就认出我了，他接过我的行李，我空着手跟在他的后边走。被人接的感觉真好，如果前头拽着拉杆箱子的是叶家的兄弟，那我将是一个多么幸福的老妹妹。想到这儿，眼圈就有点儿红，偏巧王梓夫一回头，不解地看着我。我换了副轻松的口气说,我到北京第一次有人接,有回娘家的感觉。

王梓夫说,北京人艺就是你的娘家,就住我们人艺的楼上吧!

王梓夫是客气,但就是几句应酬,也让我的心里充满暖意,感觉中连北京春天那呼啸的大风也变得柔顺了许多。

现在王梓夫退休了,话剧《全家福》也演出了一百场。

再回北京,依旧是独来独往,潇洒得厉害。

对面年轻的夫妇没打招呼径自走了,细想想,自始至终他们没跟我说过一句话。萍水相逢,谁不想简单,谁不想多一事不如少一事,我不是也没跟人家说话吗?在单元房里住着,十几年,邻居姓甚名谁不是也不知道吗,社会发展到这一步,大概就是如此。

我最后一个走出了车厢,带着随身一个小手提包,其余大件行李头几天已经托运回北京。手提包是开会发的,上面有"陕西某某会"字样,样子有些土,但是实惠。一切都是轻车熟路,出站上电梯过天桥,到马路对面的"永和豆浆"吃两根刚出锅的油条,喝一碗滚烫的豆浆,吃饱喝足朝北步行一站路,到军事博物馆下地铁,再从东直门钻出来,坐132路汽车回家。

买房、装修,无数次地往返,已经让我对这条线路熟悉得如同回我从前的家。

今天的回家有特殊意义,我放弃了地铁,返回南边的汽车站,先坐1路,过西单、六部口、天安门、王府井,到东单倒106路无轨,走灯市口、十条、北新桥,都是我小时熟悉的地方,也都是我写小说演绎出故事的地方,我要告诉它们,耗子丫丫回来了!

"耗子丫丫",是父亲的昵称,本来就叫"丫丫",小时候馋，爱偷嘴，爱吃零食，别处都可以闲着，嘴不能闲着。有一回，有人送了父亲两斤牛肉干，母亲知道我的毛病，踩着凳子将它们高高地搁在立柜顶上。这点小伎俩能挡住我吗？母亲转身出门，我蹬着桌子就上了落地罩。这里我顺带着给读者们说说什么是落地罩。落地罩是房屋间的硬木雕花隔断，它不是隔扇，隔扇有门，关严了是两间屋子，落地罩是通透的，一个隔断的象征而已。我们家的落地罩雕的花饰是"松鼠葡萄"，十八只小松鼠藏匿于结满葡萄的藤蔓里。"十八只"，我敢说这个数字只有我知道，因为我一只一只仔细找过，数过，连藏在叶子后头只露一条尾巴的也没落下，我们家没有谁有这工夫和闲心，我有，所以我知道。对"松鼠葡萄"熟悉的另一个原因是每当腊月二十四扫房，清扫落地罩的任务便归了我，那些雕刻出来的大窟窿小眼睛，只有我的小手指头裹着抹布才能伸进去，女佣刘妈倒是能干，她干不了这个。擦拭落地罩的代价不菲，厨子莫姜得单独给我做一碗红烧肘子吃，这肘子只归我一人所有，别人谁也不许动。老三死乞白赖地跟我要，鼻子都快沾着肘子汤了，我说，去！他就得乖乖儿地去！

莫姜的肘子烧得好，有御膳房味道，她的老伴当过御膳房的大厨，她是她老伴调教出来的。莫姜说过，西太后最爱吃红烧肘子，要糯而烂，文火煨六个钟头，才能绵软入味。莫姜的肘子夹在西口老刘打的芝麻烧饼里，那是一绝，谁见了谁得投降。今年夏天的时候，故宫博物院请几个作家到宫里赏月亮，在御膳房吃的菜肴中有红烧肘子，作家雷达向我推荐，说好吃。我尝了一口，果然不错，老味依然，让我想起了家厨莫姜的手艺。一块儿吃饭的莫言说肘子咸了，我说夹烧饼正好，可惜，那天没有老刘的芝麻烧饼。

回过头来接着说偷牛肉干的事,我蹬着"松鼠葡萄"攀得挺高,我们家的大猫黄黄儿伸着脑袋惊异地看着我,它大概奇怪,它那一身辗转腾挪的轻功什么时候落到了我身上。我一只手拽着葡萄藤蔓,腾出一只手去够肉干,一伸手,离柜顶还差一截子,这早有所料,我取来厨房的铲子,只那么一捅,柜上的纸包就破了,铲出三五块肉干赶紧下来,见好就收。刚把肉干填进嘴里,刘妈就进来了,这个小老妈儿,鬼精,我干什么她都盯着我。嘴里有肉,我不敢说话也不敢嚼,瞪眼看着她,她也看着我,厉声问,你干什么哪?

我朝她做了个斗鸡眼,一个箭步窜出去了。听见刘妈在后头说,有病!

刘妈快走了,她是安徽桐城人,是我的第二个母亲嫁过来时带过来的。其实她安徽的老家没人了,她回去是投靠外甥,外甥算什么亲戚呢,还不是寄人篱下,所以刘妈的心情就很不好,见了我动辄便训,好像我是叶家最糟糕、最不算人的一个。刘妈不敢骂老七,见了老七老赔着笑脸,仿佛老七是玉皇大帝的亲儿子。老七是我第二个母亲生的,刘妈忠于二娘,顺带着也忠于老七,老七要说养她一辈子她准保留下,可惜老七当不了我父母的家,老七连自己的饭辙还没地方找呢。

牛肉干三块五块地消失,分享者不光是我,还有黄黄儿和巴儿狗阿莉,一段时间它们俩整天跟着我跑,一看见我上桌子爬落地罩,都高兴得蹦高。纸包越捅越深,终于有一天,我那把铲子够不着了,非但够不着,连铲子也拿不下来了。

那天我和黄黄儿们在厨房看莫姜杀鳖。母亲来了,问柜顶的牛肉干怎没了,我说八成是黄黄儿干的,这时黄黄儿用无辜的眼睛看着我,阿莉的尾巴也夹起来了,偷偷想往外溜。母亲从背后拿出铲子说，黄黄儿还会使铲子吗？

我无言，莫姜说她的铲子丢了有些日子了，原来在柜子顶上，莫不是被耗子拉了去？

我说，可不，落地罩上有十八只耗子哪！

我的狡辩给我招来了一顿掸把子，不是莫姜拦着那根掸子棍非折了不可。看我挨打，刘妈还在旁边添油加醋，说那天在立柜跟前看见我翻白眼就料定没什么好事……

十八只耗子偷牛肉干，让我落下了"耗子丫丫"的名号，自此叶家人叫我"丫丫"的时候，前边必定冠以"耗子"称谓，使我的名字像日本人一样的冗长。

想起小时候的淘气，想起"耗子丫丫"的小名，让我不自觉地露出了笑意。挨打的温馨，偷嘴的惬意，酿造成家的温暖，刻录成记忆的光碟，拿出来，永远新鲜如昨，猛然间有人推了我一把。一个男的大声说，说你哪，多少遍了，装听不见，给老太太让座！

有女的搭茬说，还戴着眼镜呢，什么素质？

我扭头一看，才发现身边站着个提塑料袋的老太太。老太太无疑是赶早市的，西红柿、黄瓜之外，还有一张顶着花白头发的脸。我惶恐不安地站起来，解释说在想事情，没听见，对不起。花白头发坐了，冷冷地应酬性地说了个"谢"字。男的依旧不依不饶说，想事情，理由多充足啊，真会编，北京的好风气硬是让这些外地人给破坏了。

女的戳了男的一下说，二十年前你也是外地人。

男的说，咱觉悟高。

花白头发在座位上说，您看满大街乌央乌央的人，都是外地的，过春节都回去了，北京大街上见不着几个人儿，那才是真正的北京人。

男的说，可不是。

我将手里"陕西某某会"的提兜字面朝了里。我不知道，这大公交车里，外地人究竟有几多？

看那花白头发，年纪未必有我大，当然不能问年纪，刚才已经是大失礼，给"外地人"大丢面子了。看来花白头发和男的已经结成了同盟，将一腔感激不是给了让座的我，而是给了让我起来的男的。可我实在咽不下这口气，笑着对花白头发说，这位大姐，我可是地地道道北京人，我们家从顺治那会儿就住在北京了。

花白头发说，我们没说您，您可别多心哪。

犯不着刚下火车就跟北京人置气，北京的贫老太太还见得少吗？

四

　　站在新房门前,将钥匙插进锁孔,"啪"的一声,一刹那,心里还真有点儿激动,尽管三个月前我才离开这里,但那是装修,不能算是正式回家,现在是提着包正儿八经地回来了。

　　多少次,梦寐以求地回家,想的是推开房门,父亲在八仙桌旁边坐着,喝着他不变的茉莉双熏,眯着眼睛哼着《逍遥津》;桌后的条案上有粉彩的帽架,墙上是祖父画的西山山水,两边是父亲写的对联"丹霞出明月,和风动溪流";母亲会从套间赶过来,穿着毛格子的夹旗袍,梳着元宝髻,穿过"松鼠葡萄"的落地罩,伸开臂弯将她的老闺女抱住;我会坐在鼓凳上,向父母细说分别以后几十年的喜怒哀乐,我会号啕,母亲也会跟着掉眼泪;老七呢,他只能站在一边搓手,低着头不言语。莫姜会适时地出现,请示母亲给我做什么吃的。母亲会说,这还用问,上马饺子下马面,先给耗子丫丫做碗汤面,垫补垫补;莫姜的汤面可不是一般的汤面,那是鸡汤、冬笋、蘑菇、香菜、葱花,外带卧鸡子儿的龙须面,吃了一碗绝不会说够的。我还会被安置在东屋我的老住处,临窗是曾祖留下的书案,我曾经奇怪书案的两侧为何是弧形,父亲说是为了看卷轴方便,北墙是张雕着牡丹的罗汉床,在叶家,失去了罗汉床的意义,变作了我的卧榻……

　　推开房门,一股装修的气息扑面而来,没有父亲,没有母亲，没有莫姜也没有老七，那都是梦。

迎门照旧是条案，是八仙桌，榆木的，产自京南的金丝镶嵌厂。条案上是来自潘家园瓷器摊上的两个粉彩将军罐，墙上是恭亲王孙子溥儒的书法《蝶恋花》。溥儒是中国有名的画家、书法家，他的字清瘦潇洒，他的画雍雅细致，加之身份所致，一直是一字难求。新中国成立后溥儒客居台湾，最后死在台湾，老四是他的学生，真正磕了头的学生，拜师地点就在我们家堂屋，当着我父亲的面，一丝不苟地磕。溥儒这个名字知道的人不多，但是说起王孙画家溥心畬来，是无人不知无人不晓的。溥儒跟我父亲走得近，经常到我们家来，北平和平解放前夕，曾劝我父亲跟他一块儿到台湾去。我父亲因为有一大家子人，又贪恋北京的吃食和文化，没有走。听说溥儒到台湾以后，宋美龄要跟他学画，他坚持拜师就得磕头，宋美龄碍于总统夫人身份，不肯屈尊，就没有学成。溥儒的弦子拉得好，曲子词也填得好，老四跟我说过，有一天他到船板胡同的肃王府去串门，看见他的老师溥儒在那儿弹弦子，调寄《蝶恋花》，弹得好极了。家里也有溥儒的字画，这些东西在"文革"时被我和老七关起院门偷偷烧了，父亲不忍看，躲在套间不出来。同时化作庄周之蝶的还有徐悲鸿和齐白石的画作，他们都是父亲在北平艺专的同事。

眼下我墙上这幅字并不是溥儒的真迹，是台湾作家林慧芬送给我的仿制品，台湾人可以将字画做得乱真，糊裱装框，能哄外行。林慧芬对我一向称"姑奶奶"，我闹不清她这辈儿是怎么排的。她送了王孙画家的"字"，并且找人亲自替我挂在八仙桌和条案上头，没有谁不把它当真迹对待，就像我身上那些假首饰似的，没人认为是假的。

把包一扔，坐下来我开始寻思回家的第一顿饭吃什么。自然是面，懒得做，门缝有塞进来的小广告，内中叫外卖的单子不少，挑了一张花哨的，打电话让给送一碗热汤面来。不敢奢望什么鸡汤、冬笋和小蘑菇，热的就好。对方在电话里很干脆地说，一碗面不送。

我说再加一个西红柿炒鸡蛋。对方说，那也不送。

我说要不再添一个蘑菇青菜。对方不耐烦地说，不送！

我说，不是外卖吗，多少你们才送？满汉全席才送吗？

对方说，满汉全席你吃得起吗？

整个反了，卖方是爷，买方是孙子。这就是北京！

也是，一碗面让人家送，怎么送啊！

得了，泡方便面吧。

后天是我的生日，我得想想该请谁，既是过生日也是烘房，饭必须在家里吃，得人多，得热闹，得乱哄哄。后天是星期一，虽说是重阳节，可各单位没有放假的意思。这事还有点儿麻烦。

首先在亲属里找：

亲属中最亲的应该是丈夫和儿子了。丈夫早晨来过电话，从日本名古屋打来的，首先预祝我后天生日快乐，接着说他回不来了，本来是九月就可以退休回北京，可是又接到一所私立大学的聘书，这样一来，他在那边就得干到70岁了，这就意味着我还得一个人在这边单打独斗地过五年，至于五年后他回不回，还在模棱两可之中。他让我别失望，说是给我购买了生日礼物——一瓶法国白葡萄酒，待来年寒假回来探亲给我带来。

我对他的白葡萄酒表示了衷心感谢。

儿子说后天考试，根本过不来，考试完了他们单位让他到阿联酋出差，这些日子他的工作积了一大堆，除非辞职，否则他离不开。儿子的前程比过生日、比烘房子重要，我不能强求。儿子

说，他在网上定了六十朵鲜花，让花店后天给我送来。我问是什么花，他说是黄菊花。我说菊花是送给死人的，他说白菊花是，黄菊花不是，他在网上查了，九月又叫"菊月"，是菊花盛开的日子，我生在农历九月自然是送菊花最合适。"冲天香阵透长安，满城尽戴黄金甲"，辉煌又壮观，哪里有一点儿"死"的意思。我说，去你的菊花，去你的黄金甲，去你妈的屁！

他说，好好儿的，老太太怎么骂开人了，我又没说什么，您可是在自个儿骂自个儿哪。

一瓶白葡萄酒，六十朵黄菊花，让我说什么好？

家人指不上，只好在娘家人里找，住在老年公寓的五姐年初走了，有遗嘱，埋在紫阳婆家的坟地里。其余的手足有的埋入祖坟，变作了平展的大马路；有的被装在盒子里，蜷缩在殡仪馆的小格子内，等待后人手头宽裕了给寻找墓地。活着的唯有老七，我给老七打电话，告诉他我回来的话，他在电话那头说了些什么，我没听清，侄女青青接过电话说她爸爸几年不下楼，我过生日肯定来不了，但是让我放心，后天她一大早就过来，帮着我操持饭，接待客人。说她爸爸说了，将他做的一坛子糖醋白菜带过来，说找不到饀馞（一种蜜饯的小红果），是用山楂糕替代的，味道虽然差，但是看着还鲜亮。糖醋白菜是老七这辈子唯一的拿手菜，把白菜心过一下热水，用白糖拌了，装入白瓷坛子，撒上红饀馞，摆上绿香菜，放在阴凉处，三天后就可拿出来吃了。红白绿，清爽甘甜，是饭桌上一道不错的点缀。这个菜看似简单，但我一次也没成功过，那些白菜心，不是烂了就是生的，关键是白菜过水的温度掌握不好，坛子搁的地方不合适。后天老七不能来，派他的糖醋白菜和女儿做代表，也是尽了当哥哥的心意。

幸亏还有这么一个姓叶的娘家侄女！

放下电话，我对着电视愣了半天神，电视里在播放牙膏广告，一个光嫩漂亮的老玉米，在阳光下一闪一闪的，暗含着牙齿的齐整、坚固，然而我心中的老玉米则已经残缺破烂，被啃噬得七扭八歪，老玉米上只剩下两颗粒，一颗是我，一颗是老七。

两颗摇摇欲坠的玉米粒儿不知还能坚持多久。

朋友应该是有的，我一向在外地，北京深交的朋友没几个，文学界的、出版界的、报社的、文艺团体的，他们经常浸泡在各种邀请、各种饭局之中，已经把吃饭应酬当作了负担，还有心思为我分神吗？

硬着头皮给几位打了电话，甲说，……礼拜一呀……事儿最多……不能改作礼拜六吗？

我说，我妈就是这天生的我，她老人家并没有憋了五天才让我出来。

甲说，那当然，那当然，六十是个整数，一个人一辈子就过一回六十。

我说，你就能断定我过不了第二个六十大寿？

甲说，能，能，一定能！等您120的时候我一定参与。

我说，小甲你别憋坏，到120往医院抬我的时候少不了你！

给乙打电话，乙提出到附近饭店去吃，说，现在已经没有谁还在家里请客了，这种20世纪80年代的作风早不时兴了。当然，你们陕西农村或许还兴在家吃饭，在院子里一摆几桌，鸡鸭鱼肉，炸炒炖烧，满嘴流油，讲的是酒足饭饱……

我说，老乙这话是怎么说呢，你不也是跟我一样，在陕西延安刘家河公社摸爬滚打了好几年吗？偷鸡摸狗拔蒜苗的事也没少干，才回城几年哪，就"你们陕西，你们陕西"的了。这饭一定得在家吃，我带来了陕北的黄糜子面，做炸糕，我记得这是你最爱吃的。

乙说，糜子面炸糕北京的陕北饭馆里随时可以吃到，不是什么稀罕物了。我说，不稀罕你也得来！

给丙打电话，丙说回来是大事，就跟香港回归、文姬归汉似的，得好好热闹一下，这事不用我操办，应该交给他让朋友们一起操办，找个空旷的农家乐，放百十筒花，点十几挂鞭，喝他个一醉方休。我说，您改日再一醉方休吧，后天十点必须到我家来，下刀子也得来。

丙说，要去你必须给我做一盘地道的西安凉皮，北京街上卖的西安凉皮味道不正。

我说，做凉皮容易，只要你来。

一通电话打下来，朋友中，百分之九十不能来，不是在外地就是有会，后来我索性将北京熟人的电话挨个儿打，能来的只有小丁。小丁是做防腐木架子的小老板，福建人，我装修阳台给我做花架子的。

应了那句话，该来的不来。

五

星期一，刚刚起床，就有人敲门，打开门迎面是一大抱红玫瑰，几乎看不到送花人的脸。送花小伙说客户要求早晨七点以前必须把花送到，所以我得签字证明。我一看表，六点五十九分。小伙说，您家的表快了，我手机上的表刚刚六点半。

我笑笑，在上头签了时间和名字。小伙说，六十朵玫瑰，怎不送 99 朵呢！

我说，是我儿子送给我 60 岁的生日祝福，我离 99 岁还差一截子呢。你那九十九朵玫瑰是歌里唱的，但愿我能活到 99 岁。

小伙说，送九十九朵的人多着呢。

我说，都是男的给女的送，还得没结婚，正在追求阶段的，结了婚就不送了，有那钱一块儿还房贷吧。

小伙子拿了回执临出门说，您儿子应该送康乃馨，玫瑰是送给情人的，送妈不合适。

我说，我儿子没给我送菊花已经很不错啦！

屋里收拾得窗明几净，景德镇粉彩万寿无疆的茶碗，吴裕泰的春芽茉莉花茶，临潼的白冰糖大石榴，骊山的火晶柿子，加上花瓶里的玫瑰，将八仙桌映衬得五颜六色，很有个喜庆劲儿。

以往在北京，每年我过生日要提着椅垫子到各屋挨着给人磕头，除了阿莉和黄黄儿以外一个不能落下。大伙见了我会打趣地说，今天耗子丫丫长尾巴啦！我会立刻用椅垫将屁股捂住，仿佛真要长出一根又细又长、丑陋不堪的尾巴来。北京的习俗，喜欢说过生日这天的孩子是"长尾巴"了，其实这"尾巴"不是白长的，给谁磕了头谁就得给压岁钱，多则一块，少则两大枚，断没有让长尾巴的人空手走的道理。我喜欢过生日，过生日可以捞到不少零花钱，至少半年的猴皮筋、鸡毛毽、糖豆大酸枣是有了着落。现在，我没有谁可磕，也没有谁给我磕，儿子小时候还给我磕，大了，嫌寒碜，不干了。

十点，来了甲乙丙丁四个朋友，他们能拨冗降临已经是很不错，很给面子了，让我有受宠若惊之感。

一进门，大家就为我的新房子惊奇，说可以在这儿拍古装电视剧，里里外外整个一个地主庄园。甲仔细端详着作为隔断的落地罩，抚摸着上面的松鼠和葡萄，赞不绝口，说她绝不相信城南的工厂有这样两面透雕的精彩水平。乙问是不是照着电视剧里的样子雕的，我说是依着我们家过去落地罩的样子，画出来让他们雕的。丙说，他去过故宫漱芳斋，我这个落地罩不比皇上的逊色。

我说，为这个落地罩，我光打车的钱就花了一千，我是站在旁边看着他们雕的，厂里对我反感极了，一见着我就说，老太太又来上班了，您累不累呀。

小丁说得七八万，我说，榆木的，三万，条件是得把样子给他们留下。

甲说，留下也值，要那张纸没用。

我说，我心里很后悔，本来"松鼠葡萄"我是独一份，现在变成了成千上万。

丙说，你放心，这成千上万的"松鼠葡萄"谁跟谁也碰不上。

我告诉甲乙丙丁，落地罩上还藏着十八只松鼠，于是一伙人纷纷在上面找开了松鼠，也挺好，比坐着看电视更能消磨时间。

我端出从陕西带来的吃食，大家对临潼的石榴、骊山的柿子特别钟爱，乙以陕西内行的身份向大伙介绍，说他在延安刘家河插队当知青时，公社给大家放电影，正片前头要加演新闻纪录片，他记得很清楚，纪录片上西哈努克亲王领着一大家子站在骊山的火晶柿子树下，吃得热烈而酣畅，柿子汤顺手流，哪里是王爷，整个一个幼儿园小朋友。大家一听亲王爱吃的东西，不能不尝，一双双手立刻伸向了柿子。吃了一个就放不下了，马上展开第二轮进攻。火晶柿子是西安特产，皮薄如纸，颜色如丹，味道如蜜，将那薄薄的皮一揭，果肉便汤一样涌出，猝不及防，会弄得一身一手，狼狈不堪。会吃的用牙轻轻咬个小口，嘬着吃，吃完了剩个空空的小红口袋。

一盘柿子被甲乙丙丁霎时吃光，我们家的桌上、地上、沙发上，包括电视机上，到处都是黏乎乎的柿子汤。白冰糖石榴的下场不比火晶柿子强，那硕大的石榴被他们拿到厨房，在案板上用菜刀劈，将晶莹剔透的粒散落一案板，放到嘴里，只说是甜。丙是学历史的，说这石榴一定是当年张骞通西域从新疆带回长安的。我说是陕西杨凌农科城研究出的新品种，两千年前的石榴种子早退化了。这几个石榴是秦始皇陵东边种出来的碎籽石榴，一共只有四棵树，珍贵得就跟武夷山山岩上那两棵大红袍似的。这两个石榴是我费了半天劲，从朋友手里搞来的，其他的都送到北京请领导们品尝了。乙说，干吗说得那么含蓄，就是进贡了呗！

甲乙丙丁把石榴拿到窗户前头照，果然见到里面的石榴籽很小很小，隐隐约约的，可以忽略不计。都说陕西的水果好，乙说是地好，黄土有几十公里厚，栽种着皇上也栽种着果树，这石榴跟秦始皇并驾齐驱地扎在一块地上，能长不好嘛！

北京传统过生日得吃打卤面，以前每年都吃厨子莫姜为母亲生日做的打卤面，跟父亲不同，小门小户出身的母亲依旧遵循着老旧的风俗，生日的长寿面不能更改。我做打卤面的手艺不能跟厨子比，但自信不比别人差。头天先把五花肉煮好切片，将金针、木耳、海米、蘑菇用温水发好，蘑菇要用张家口外的口蘑，小而香，泡蘑菇的汤不能倒，连同海米汤要一并放进卤汤去煮。最有特色的是鹿角菜，这是打卤面的精彩，鹿角菜筋道，有嚼头，那些枝枝丫丫沾满了卤汁，吃在嘴里，很能咂摸出滋味儿。现在北京超市、菜场已经买不到真正的鹿角菜了，我是托丙的外甥女买的，丙的外甥女在西单菜市场上班。丙将鹿角菜交到我手里时说，他期待的不是打卤面，是西安凉皮。

打卤面的工作挺繁杂，将各类佐料放到肉汤里煮，料酒、老抽是提味儿的，待到黄花、木耳和肉片在汤里充分融会贯通，就可以勾芡了，芡粉的多少是技术，多了搅不开，稀了泻汤，勾完芡将鸡蛋甩在卤上，要甩出匀称的蛋花，切不可用勺子乱搅。这还不算完，起锅前浇上一铁勺热花椒油，刺啦一声，香味四溢，勾出所有人肚里的馋虫，打卤面卤的工序才算完成。

我一人在厨房里使劲忙活，盼着青青能过来，却一直不见人影。打她的手机，无人接听，现在的年轻人，指靠不上，个个都是飘浮着，两脚落不到实地上的。甲乙丙丁在客厅里吃我做的凉皮，凉皮当然很地道，早晨四点起来蒸的，一张张抹了清油，晾凉切成条，临上桌浇上醋蒜汁，醋是我从岐山带回来的。凤鸣岐山，那里不光是周的发祥地，也是陕西醋的中心，岐山醋香醇浓厚，带有中华远古的味道。我们不能不承认基因记忆的坚固，在我们老祖宗的起源地，应该有这样的符号，在我们成长的命脉中，味道的记忆比任何记忆都源远流长。为什么都说陕西凉皮好吃，做法以外，佐料是无可替代的，换个地方就变了味儿。

还有从西安西大街老童家买来的腊羊肉，也为桌上的吃客们叫奇，看起来是一块原生态的羊肉，泛着蜡一样的光泽，吃在嘴里，入口即化，香味一言难以说清，表面平淡无奇，那几十种调味料全入到肉里去了。腊羊肉是西安回民坊的独特食品，就是在平日，也要排队购买，不到中午，羊肉便售完关门了。为了这块羊肉，我排了半个多钟头队。

西安是回民的聚集地，唐朝时胡人不少移入长安，带来了伊斯兰的美味，李白"笑入胡姬酒肆中"，胡姬酒肆就是建在回民坊的，胡人的街坊都有一定规制，热闹欢快，是五陵少年喜欢游逛的所在。西域胡人的形象至今还在坊里可以见到，常见有黄眼高鼻的回民，操着坊里特有的口音，卖炒货，卖羊肉泡馍，卖灌汤包子。我的儿子常在回民坊里招待他从各地来的网友。那些年轻人说，进了西安的回民小吃街就出不去了，在这里吃一个月也不会重样！

小丁塞着一嘴羊肉到厨房来，问我有没有需要帮忙的，我擦了把汗，看着这个连普通话也说不利落的闽南客家人，不知他能干些什么。

小丁说，叶老师，西安有这么多好吃的，真不知道你回来干什么？

我说，"叶落归根"这个词知道吗？

小丁说，他知道"四海为家"，他们客家人在有皇上的时候就已经四海为家了，北京要是留他，他可以在这儿干一辈子，不回福建。

我说，没他干的事。

小丁说，那我就吃去了，第三盘凉皮马上就光了。

219

我说，你们光吃凉皮，我的打卤面谁吃？这是我的长寿面！

小丁说，放心，会有人吃的！

出门又补上一句，叶老师，这个楼装修的人多，周围有谁要做凉台架子，你让他跟我联系。

小丁不愧是商人，他比外头那几位傻吃傻喝的主儿精明，有心计。

果然，打卤面端出来的时候，甲乙丙丁已经撂下筷子不吃了，腊羊肉剩下一小块，那是象征性留给寿星佬的，凉皮吃得精光，连酸汤儿也喝了。几个人脑袋扎成一堆，正商量着元旦到西安去，吃遍西安小吃，游遍西安古城，始作俑者，就是插队知青乙。

在我的要求下，大家吃了打卤面，有的人就是喝了几口卤。甲说要是没有前边这些吃食，我的打卤面做得未必够；乙说卤打得比铺子里丰富有味儿；丙说一吃就知道是美食家打的卤，讲究；丁说想把剩下的卤带走，让他的工人也见识一下北京打卤面。我说，我真后悔把西安的东西给你们拿出来，整个一个喧宾夺主。

甲说，你改天要是再请一遍打卤面，我们不反对。

丙说，还是西安饭有味道。

我说，想得美，告诉你，有这村没这店啦，想吃西安饭，打火车票，往西！

吃完了饭唱歌，唱《大海航行靠舵手》、唱《我们走在大路上》、唱《数九寒天下大雪》、唱《听妈妈讲过去的事情》、唱《生产队里开大会》；甲的嗓子好，用美声唱《我爱你中国》，把画轴震得沙沙响；乙的京剧《盗御马》从插队时候就是保留节目，"将酒宴摆置在聚义厅上，某要与众贤弟叙一叙衷肠"，听得人荡气回肠,叫好不断;丙会唱评剧,一句"列宁我打坐在克里姆林宫"能把人笑翻;小丁的歌《决战二世祖》是新潮,那冈冈的粤腔让我终归也没听懂是什么内容。轮到我,大家一定要听秦腔,我自信只要贾平凹、陈忠实不在跟前,我什么样的秦腔也敢唱,就说了一段《教学》:

我爷见过皇上的面,我婆和娘娘吃过饭。
我大穿的是黄马褂,我娘着的是绫罗缎。
出门不走她坐软轿,累了捶背有丫鬟。
吃饭端的是玉石碗,尿盆子上镶的是五彩蓝。

大家说陕西人很幽默,问我这个段子是在哪儿学的,我说在会上学的,甲说一定是政协会上跟哪个名角学的。我没有言语。
………
下午,一帮人闹哄哄地走了。关上房门的一刹那,我有一种崩塌的感觉,心里空落落的,其实就是在和大家推杯换盏、满脸堆笑的时候,内心也保持着一个封闭孤独的自我。我不知自己是怎么了,独处时感到冰窖似的悲凉;混迹人群,又烦乱不安,有种难堪的忍耐,大概真的是老了。

乱过之后的房间显得空荡,盘盏乱糟糟地堆在水池里,我端了杯茶坐在沙发里不想动弹。腰酸背疼,感到了从里到外的累,60岁的生日,当了一天伙夫,当了一天老妈子,当然是自找,是自己愿意。热闹归热闹,可是心里不热闹。

穿着拖鞋的脚肿胀得厉害,脑袋发蒙,血压可能又高了。胃一阵痉挛,我喝了一口茶,才想起,从早晨到现在其实没吃什么东西。给自己冲了一杯藕粉,喝了一口,不是味儿,没有藕的清香，没有桂花的甜润，完全是一碗土豆粉芡，有其名无其实，变化的岂止是藕粉！

起风了，有雨点敲打在玻璃上。一场秋雨一场寒，从今天起，北京的天就该渐渐冷了。

脑袋里一片空白。往事都已升华散尽，化作了纯净的气体，失去了发酵、喷发的热力，只剩下沉静和淡漠。手碰到落地罩上一只圆润的松鼠，怜爱地抚摸着。是的，回家了，四十多年绕了一个大圈子，终于回来了，这不是梦，手下的松鼠可以证明。但此松鼠非彼松鼠，此落地罩非彼落地罩，此家也非彼家，物非人非，活了六十年，我究竟是谁？活了六十年，我究竟干了什么？反省自己，辄深怅惘，学业一无所成，德行一无所就，老大不小，还自欺欺人地搞什么回归酒席，虚荣、张扬，真是浅薄极了。

外面的灯亮了，楼下公园里的每棵树都从下面用绿灯照着，把树照得假模假式的不正经。绿色的光反射到屋内墙上，惨绿惨绿的，恭王孙的书法在绿中发着幽幽的光。我奇怪，这幅字自从挂上那天起，忙碌的我竟从未揣摩过它的内容，便将那清峻的书法一行行细细辨认：

沧海茫茫天际远，北去中原万里云遮断。云外片帆山一线，殊方莫望衡阳雁。

管弦天上春无限，浩荡神州龙生蓬莱浅。杨柳千条愁不绾，乾坤依旧冰轮满。

这首《蝶恋花》可能是溥儒居住台湾时，思念家乡北京书写的，字里行间乡愁无限，此时读来，多愁夜雨，晚秋寒斋，更添几许愁闷无限凄凉。

靠在沙发上，朦胧欲睡，却又不安稳，心里泛起阵阵不安。

半夜接到青青电话，说她的父亲殁了，说早晨送到医院还清醒，只是胸口有些不适，嘱咐她不要打扰姑爸爸，今儿是姑爸爸六十大寿，不要搅了局，没想到晚上十点就咽了气。

就是刚刚的事，放下电话，我一阵发蒙，老七走了，走在我回到北京的这一天……两颗粒的玉米，掉下一颗，还剩一颗……

我抬头望着恭王孙"北去中原万里云遮断"的诗句，想哭，却没有眼泪。

老凤还巢。

空巢。